蒲公英水手

《蒲公英水手》

作者：蘇雅

（第二版）

中文紙本書於 2018 年由電書朝代製作發行

並由 IngramSpark 隨需印刷，推廣銷售

電書朝代 (eBook Dynasty) 由澳洲 Solid Software Pty Ltd 經營擁有

Web: http://www.ebookdynasty.net/

Email: contact@ebookdynasty.net

目錄

《蒲公英水手》

《蒲公英水手》

做一株小草，不必擔心狂風暴雨
因為自己的根緊抓住大地
可以彎腰，又可以站直

做一株小草，沒有別人羨慕讚美的眼光
然而那又何妨？
你看看春天來時滿山遍野的綠，便是它的功勞

做一株小草，永遠面對陽光
謙卑而柔和地成長
沒有太多的夢想，便也沒有太多的失望
於是可以在廣闊平坦的大地上
快樂而自由地發光

《蒲公英水手》

第一部：前世

《蒲公英水手》

蒲公英水手

從前有一個人，他非常孤獨，而且總是有些不快樂，因為他認為那是他所應該展現的原則。但事實上，那些在他身旁的人都是很想關心他、很想幫助他的，只可惜他似乎有些封閉自己，讓有些人覺得他似乎很虛偽，而在別人的眼中，他是很可憐的。但是正因為如此，他沒有一般人那樣現實，也沒有一般人那樣勢利。他有一張溫和的笑臉，卻也有憂鬱的容顏。

記得，有一次，他看到一個坐在路旁哭泣的小孩，他蹲下來問這個孩子，你為什麼這麼傷心？那個孩子啜泣的回答：我因為一時貪玩迷了路，再也沒人要陪我玩了。於是那個人便伸出了他的雙手，把那個小孩捧在懷裡，說道：來，別哭了，我帶你回去吧。那個小孩搖搖頭說道：我不要回家，我要你陪我玩。那個人說：不行，我絕對不能跟你一起嬉戲，因為我是個孤獨、寂寞的人。說完，便頭也不回的走了。

曾經又有一次，他去旅行，到了天之涯、海之角。這時風兒問他，你為什麼要走這麼遠的路呢？他毫不遲疑的說道：因為我想看盡這個世界。轉眼之間，吹來了一陣狂風，風說你看見了什麼，他卻無言以對。

而又一瞬間，時光不停的旋轉，他看見兩個自己，一個是孩提時的自己，一個是滿頭白髮的自己，他們同時向他走去。那個老人先伸出他有氣無力的手，抖動的說道：別忘了你曾有的赤子之心，就讓那光輝永遠充滿你的心扉吧！純潔的靈魂將永世陪伴著你。說完，那老人與小孩如風一般的消逝，只留下那個自我認為應該如何……如何的身影。

我的朋友，你想告訴我些什麼呢？

我們慣於追風，是植海的一群人。我們走到大海中長長的堤岸盡頭，伴著滿天飄舞的秋雪，你告訴我飛天的姿勢；有時我會告訴你，船兒在海上航行，是怎樣的歌聲與心情。往往，我們數著漣漪，你會不說話，我便也靜靜沉默。

耕種不是一件容易的事，你說，常常繁花開遍，才發現忘了著色，而四時便匆匆行過來不及彎腰的雙翼。我說，看那片繁星，我們的花兒在天上，永不凋謝的花兒，從田裡逃走了。有一次下了大雨，我們奔過彩虹到雲的那一端，拿花兒捉迷藏。

於是我離開你去種自己的田，你在風上遙遙望著我，我也時時回頭。其實和你種田也沒什麼不好，只是我總是定不住，鬧個沒完，你總是用大眼睛笑笑的看我。

我走呀走，路在我身上走過，不打招呼。我走過月亮和太陽，沙漠和荒野，城市和鄉村，我也看到了好多好多的人。可是你知道嗎？我始終找不到你說的那個人，那個自我認為應該如何……如何的人。我在該笑的時候哭，該哭的時候笑，我在找不屬於我的田。

偶爾我想起你，你便在花中出現，我們曾經種過的花。你答應過我，教我駕風的技術，我也總是學著自己飛行，因為你不能永遠在我翼旁。

偶爾我忘記了你，花便枯萎了。

有一天我看到一片田，會飛的田，我拍拍翼飛了過去，輕輕的落在田裡。我拿了一顆你的種子，淺淺的放在葉子下面，她便搖搖曳曳的唱起歌來，那首你種在田裡的歌，我也會唱的歌。過了一下下，歌唱完了，我坐下來慢慢睡著了。

然後你來告訴我這個故事，再一次。我說我不懂，你卻走了，不告訴我為什麼。我從來也不知道為什麼。

風輕輕的吹，花慢慢的搖，我醒來時在一條船上，彎彎窄窄的小船幽幽。划呀划呀，幽幽的開向花心。我突然明白了你的秘密，彷彿遙遙的你也突然理解了我。原來好遠好遠的那個港，我的港，便在你的田裡；而那片好高好高的天空，你的天空，便在我的港裡。原來我找的就是你，你種的便是我，我是你忘記著色的一朵花，在風裡飛呀飛。飛累了，停在蝴蝶上，帶我回去。

讓我也說給你聽。

那個身影，很久很久以後，在海上找到了他的風，空空蕩蕩、飄飄忽忽的前航。他不在乎遠方有多遠，他的溫和的笑容和憂愁的容顏，慢慢融合成為平靜的眼光。因為他知道自己的孤獨和寂寞，那個哭泣的小孩最了解——不願回家的時候，便守在田裡等花開，摘下了花兒插在髮上，唱起風兒的歌。

安魂（上帝的法則）

誰知道？也許上帝也是一個欺善怕惡的傢伙，

所謂「上帝的法則」，不過是實驗室的手記罷了；這世間所有的一切都是鐵絲籠中的翻騰嬉戲。

上帝以一旁觀者的身份，不時伸出手來撥弄兩下，

而生命的愛恨情愁、悲歡離合、喜怒哀樂，就在試管和燒杯的號角聲中誕生。

也許真要等到獵物死去，上帝才肯停止祂的獵殺，

因為祂只是個欺善怕惡的傢伙，

一旦對手沒有了，這遊戲也就不好玩了——

一

於是，牠就這樣死了，一如許多曾經死去的生物一樣，沉默而卑微、委屈而猥賤地死在我的面前。牠的身軀由劇烈痙攣、抽動，而至漸漸平息緩和，傾側下來，抓不穩重心。牠的腳骨呈現不自然角度的鬆懈，慢慢地曲回直線，曾經跳躍站立的趾爪，現在已失去繃緊的生氣，只是無力地伸垂著。牠的羽毛凌亂散落的翅膀也張開了，肌肉失去了約束的力量，牠欲飛再飛，如今竟遂了展翼的願望，而顯得整齊且豐盛起來。牠的頭垂下，頸部變柔軟了，不再堅持倔強，我搖晃並拿起牠軟綿綿且無力的身軀，牠的頭也隨著前後左右擺動出古怪的角度，好似軟骨的道具。牠的眼膜半張著，眼珠只是死黑，沒有任何光澤殘留。牠密合的尖喙微啟，再也叫不出聲音，沿著喙的邊緣延伸的鮮黃色條紋，對照出有些突兀的怪異。牠的尾部羽毛還沾著淺黃色半稀的糞便，在最後一刻之前排出的，顯得醜惡而骯髒。

牠死得如此迅速而輕易。前一刻我還在餵牠吃小米，用水灌進牠張

至極限的大嘴裡，牠的嘴裡是淺紅色的肌肉，深深地好似不見底，舌尖如同三角形的箭矢，不斷探動可能的任何一個食物的來源。牠的嘴的每一次開合都是在睡眼惺忪的狀態之下，牠仰著頭，不放過每一個飽餐的機會，牠的無毛的頸項可憐地暴露在我的眼前，我看見紅色裸呈的筋骨，細小淺藍色的血管。然後，牠再次仰起頭，嘴張開了，又合起來，開，合，似乎在努力地吞下些什麼，牠掙扎的模樣一如異物哽塞的病患，牠閉著眼，仰頭而開、合、開、合，張開的幅度越來越小。牠伏下身來，漸漸放鬆了，嘴巴開合的動作漸漸變得緩慢，似乎已不再重要；牠還是未張開眼睛，而頭垂下來，身體縮成一團，突然張開翅膀拍了幾下，腳爪奇怪地抓著什麼。牠的身體漸漸傾向一旁，不理會我的扶助撥弄，牠看起來安詳沉靜。

於是，牠就這樣死了。我站起來，把牠和一切，一起丟進垃圾桶裡。

二

「那，這次的『安魂曲』妳唱不唱呢？」

他在電話那頭溫柔地問著，她覺得不安而厭煩，幾乎想就這樣掛了電話，又想狠狠地大吼幾聲。

「我想再考慮看看，」她說。「主要因為最近都在忙著念書考試，另外，我自己也想了很多東西，所以很久沒有去團裡了。」

「是啊，大家都在想妳，不知道妳究竟發生了什麼事，到處都找不到人。」他說著，笑聲聽來十分刺耳。「哎，說真的，這星期六的練唱，妳真的應該來看看，這個新指揮的教法很不一樣，大家都有很大的進步。妳應該來感受一下『安魂曲』的另一種表現手法及風格。」

知道了，煩不煩哪？她忍耐地想著。這次為了在教堂的公演，團裡卯足了勁在努力練習，不但請了神學院和其他合唱團的人來助陣，連一些早已離開多年的團員也再次回來參與。為了到時候演出的整體性和一致性，也為了演出前的適應和協調，團裡特別請了一位新的指揮來指導他們，下星期還要去教堂和樂團一起練習。

「我想，我大概會去看看吧？」她勉強笑著，假假的。「畢竟這是一次很難得的機會，能夠在教堂唱歌。」

「沒錯，但我想妳絕不是為了想上台而唱歌的，是不是？」他做了結論。

好不容易道了再見，放下電話，她冷笑著：沒錯，我就是這麼庸俗和虛榮。誰不想上台接受鼓掌和喝采？大家嘴上都說是愛唱歌，美其名說是享受並追求音樂的藝術，事實上，還不是興奮地等待著每一次在舞台上的光華流轉？她並不否定某些真正喜愛、了解並享受音樂的團員們，他們學問豐富，各家各派的音樂都瞭若指掌、如數家珍；她敬佩他們。只是，其他人可就不一定了。

像我，她笑了，想著。我的確就是這樣一個庸俗虛榮的人。其實她很喜歡唱歌，但多半只限於一個人哼哼唱唱，以及羨慕那些拿著吉他自彈自唱而瀟灑飄逸的人。當初進團，是他的介紹，以及想多交些朋友的心態；然而近一年來，她慢慢了解到合唱是整體的藝術，不能自求表現，何況上台的機會不多，每週的練習及演出前日日夜夜的加練，更是辛苦，往往唱完後元氣大傷，好幾天都恢復不過來。

最嚴重的是，她總感覺自己在團裡格格不入，非但沒有找到什麼可談天的好友，反而在團體的喧嘩與笑鬧中一次又一次感到孤獨，感覺自己不屬於這一群人。合唱團練唱的地方有整面牆的鏡子，她可以清楚地看見每個人的神韻、表情和動作，偷偷地不被發現，並且在被發現的時候，向鏡中的對方微笑著抱歉一下。每次每次，尤其是休息的時候，她總不習慣大家突然而誇張的熱絡情緒：吵鬧的笑聲、說話聲和尖叫聲讓她不能忍受，而那一群活潑的身影中，總沒有她的位置。有時候她會努力掙扎穿過混亂的人群，去拿一杯水或上洗手間，並且在穿梭的過程中不得已地和別人寒喧或點頭微笑。但大部分的時間她總是坐著，抱著樂譜，靜靜地凝望著鏡中的人群，以及自己，並且去想像鏡子後的那個空間，該是如何寂靜的世界。

　　我是特別的，她想，然後又笑著否定自己，因為她不知道自己究竟是什麼樣的一個人，以及如何去形容自己的感覺。她看事的角度與思維往往和其他人不同，常常有一大堆稀奇古怪的思想，卻往往找不到人可訴說。她知道自己不完美，卻同時有著自卑與自傲，自卑的是外表，所以她會在團裡注意每個人，也注意別人對她的注意，以及注意她的別人；自傲的是內在，所以她會在每個時間與空間中找尋著能了解她的人，並且不耐地以為那些不了解她的人是平凡的，以為自己是孤獨不群的。我是奇怪的，她想，並且慢慢失望地發現，雖然有些人不合她的口味，她自己卻一點也沒有什麼了不起。

　　她拿起「安魂曲」翻了翻，那些拉丁文與熟悉的曲譜旋律，又在她耳邊響起，一遍又一遍，畢竟這曲子在團裡練習了一年之久，又先後在兩次公演中唱過。星期六就去看看吧，她對自己說。

　　　　三

　　那天她去他家，心情好得不行，雖然天氣很熱。她走過一家飯店門口的車道，看見一個侍者遙遙走來，手裡有個東西，捧著，是什麼呢？哦，一隻小麻雀，她對那小東西微笑。侍者說：「大約是從巢裡掉下來的，太小了，還不會飛。」

　　他又問：「妳要嗎？」

　　她淺淺一笑，揚起手，這小東西便轉移到她的手中。她讓牠站在拇指上，感受那輕微的抓力與緊度，再用另一隻手護著牠，在胸前，看起來就像是古埃及人死去時雙手交握的姿勢。她低頭看牠，牠很緊張，縮著，灰棕色未長全的羽毛微微顫抖又微微張開，看起來毛絨絨地像個球；小頭轉來轉去，大眼睛望著四周，叫個不停，嘴巴張得好大，要吃東西。

　　牠幾次試著鼓動翅膀，卻是缺陷的滑翔翼，一些也不能載動空氣，反而徒勞無功地讓自己站不穩，搖搖晃晃地要跌倒。她連忙護著牠，撫順牠的羽毛，口中不停低聲安慰著牠：

「乖呵，不要動呵，乖，乖。」

她的手指從牠的翼上撫過去，撫過去。牠的羽毛並不豐滿，稀稀疏疏地，還能看得見粉紅色裸露的筋骨內臟，以及細藍的血脈——牠看起來像隻窮愁潦倒的落湯雞。她拍拍牠的小頭，看著牠，牠努力試著站穩些，移移位，小小的眼睛大大地轉動著，似乎也回望著她。她看著牠，摸摸牠，好像摸小狗或小貓。

「乖，馬上就到了，不要吵呵。」

「到了再給你吃東西，好不好啊？乖，不要叫呵，乖。」

她走過一條馬路又一條馬路，四周的車水馬龍和吵雜喧囂似乎是另一個世界，再也吵擾不了她的心神，她彷彿又回到了鏡子後面那個寂靜的世界。她護著牠一如君王護著臣民，讓牠在掌心拱圍而成的世界中安歇。她走著走著，覺得自己蕙質蘭心，如同溫柔賢淑的古典女子，足下踩出纖細的蓮步。牠不時叫兩聲，她不知牠在想什麼，只知道牠對路旁的鳥叫聲十分敏感，時時抬起頭應和著。她再拍拍牠，將牠舉至眼前，看著牠。

「乖，不要叫嘛，樹這麼多，我怎麼知道你家在哪裡呢？哪一隻是妳媽媽？」

牠逐漸安靜下來，不再掙扎吵鬧，只是蹲伏在她掌心中，像塊溫暖柔軟的海綿。她看不出牠是否有受傷。那天她穿了全套淺藍色的衣服，也許牠看見了天空，她想。

「你知道，你也許是世界上第一隻能聽到『安魂曲』的麻雀喔，」她說，對牠。

四

死亡實在是一種十分奇妙的經驗，我是說，看著其他生物在我眼前死去。我從來沒有看過人死時的情景，但我知道那是一種解脫的過程，一種壓力的慢慢鬆懈，一種東西正漸漸地無形遠去；或者那是一個臨界點，當心理和生理都疲累到終結，而倦極入睡。在那裡是一條看不見的疆界，當壓迫緊逼的力量達到巔峰，再輕輕放鬆，而跨過這疆界便是條條歸鄉路與自由。

死人雖然僵直而恐怖，但卻溫柔而親切，他們沉睡著從此不再醒來，一如走過反反覆覆的鏡面去追尋寂靜之鄉。他們躺在棺材裡，絲綢圍繞親吻，而四周親人的環繞步行聲是遙遠地域傳來的痕跡，他們的面容如同磨砂玻璃那樣看不清而模糊，只是搖晃重疊的影子；他們的聲音夾雜著海潮般襲來的噪音轟轟，好像電路糾結纏繞的越洋話機，如何也聽不分明。死人是溫柔的，他們臥在土壤之下安適如子宮內的溫床。他們的面色焦黃、牙齒乾枯，隨著嘴唇花瓣似地腐爛敗落而參差顯露如東倒西歪的墓碑，緊貼著活人為他們親手放下的綠玉或冰冷的錢幣，而他們更冷。他們的眼眶內眼珠已被咬囓或蒸發消失，如今只有蚯蚓或細菌忙碌地在同樣圓形冰冷的綠玉或銅錢之下交歡爬動。他們空曠的頭骨內滿盛的不再是跳動智慧的腦組織，而是死亡般透明的美酒，醞釀著同樣尖銳深沉的智慧。他們盲目瞪視黑暗，他們傾聽虛空。他們圓形排列的骨交錯蒼白如沙漠月夜曝曬的野獸屍體；胸膛深處，若用耳伏身在上面仔細傾聽，仍能感受低遠的呼吸回聲如山谷中清涼的野風，仍能感受高亢的話語掙扎著要歸入生界。他們的雙手交握胸前如金字塔下古老的同伴，親愛的我必歸來，心靈的呼喚傳達遙遠時空，用誰也比不上的速度。他們躺臥一如即將起身，他們沉默一如即將發聲，他們腐化一如即將重生。親愛的我必歸來，他們說。

不要召喚死亡，死亡回答。死亡如同懸浮凝結於琥珀果凍中的蟲豸，膠著在空白之間，掙扎不了亦不想掙扎；是安靜是和平是喜悅是空靈，是子夜的鐘聲寂寂迴響，是但願歸在冰與火之邊緣而接受並拒斥一切。死亡亦是不回頭的長路，沒有仙樂飄飄亦無手執長叉火眼金睛狂笑的紅魔鬼，只是那樣安然寂靜，孤獨地從痛苦的快樂中釋放出來，墜入一片混沌般虛飄，在什麼也抓不著的黑洞浮潛，寧願跌至堅硬之上而粉身碎骨也是心甘情願。

我觀察關在標本盒中的生物，牠們慢速死亡的過程真實而深刻。牠們有的死得很快，幾分鐘或幾小時就不動了，有的卻掙扎不停，在盒中到處探索走動，甚至能支持數天到一星期。牠們的死亡不是太快，就是不知何時到來，而我總錯過實地觀察的大好機會。螞蟻輕輕一碰就死了，死在夾縫中或玻璃下，快得看不清過程，扭曲的旋滅，分不清頭與身體；有時候一隻腳移位至身體之外不遠處，我分不清這究竟是哪一隻螞蟻的哪一隻腳。甲蟲、蟑螂和蚊蠅，在盒中旋繞不停，焦急地找不著出路，而我總是喜歡用各式各樣的方法去實驗牠們的生命力。牠們總是很容易地死去。

我把蟑螂和蜘蛛放在同一個標本盒中，牠們對決如騎士，而我是一旁挑釁的侏儒。我看得見牠們，清楚如同我自己。蟑螂的一隻腳不知於何時遺失，淺棕而略為透明的腹部有節節的條紋，尖尖的頭不斷探動著與身體等長的觸角，我感覺牠是看不見的。而蜘蛛屏息蹲踞在另一側，黑色眼睛巨大而深沉，口器旁的小鉗閉合不停，八隻粗短轉折的多毛的肢，快速地移動，胸和腹圓壯而腰纖細，黑色及深棕色的條紋交集延展。牠們對峙，我焦急地等待戰鬥，我搖撼牠們如同搖撼天地；牠們遊走，相遇而迅速分開，我緊握盒子並享受剎那間內在震動的快感。牠們交錯快速而又決鬥快速，快得我看不清過程，牠們逃動奔忙而四處徘徊，在會身的一剎那攻擊或交換我不知道的訊息。蟑螂快速行走於上下四方，無論如何脫不開這透明的世界，我聽見牠達達的爬行聲如何運載著不安與慌亂；而蜘蛛平穩地在一旁開合牠的口器，伏身如同承受眼前的一切，深沉的黑眼珠變成唯一有光澤的鏡面，反射我的視線。我不知道牠在想什麼？蜘蛛開始結網，在盒中一角，牠持續而有恆地建構自己的另一個世界；牠由尾部排出液狀柔軟透明的絲線，交由口器安排成堅如鋼鐵的架材，在身側佈滿連結的支點和棟樑，然後一層又一層織出反反覆覆的斜紋，曲率如同電腦精密的計算程式，美如自然運行的規律。牠建造一個自己的華麗的牢獄世界，複雜到讓我不知所措。蟑螂不知如何是好，瞪視著透明紗網後蠢蠢欲動的蜘蛛，而猶豫不知方向，靜止於遙遠的另一端。牠們對我的挑動都不再有反應，我不知道接下來要做什麼。

　　後來蟑螂死在蜘蛛的網上，不是脫不了身，而是心甘情願撲向那毫無吸引力及黏著性的宇宙表面，隨之掉落下來，僵直地。而不要召喚死亡，死亡回答。在另一個標本盒中，一隻蟑螂正吸乾另一隻的體液，緊抓著牠不放，把牠撕成一塊一塊的，吃得屍骨無存。

　　我站起來，把牠們和一切，一起丟進垃圾桶。

　　　　五

　　她立於教堂祭壇左側入口處，如夢似幻輕飄飄地往前跨了兩步。在她眼前展開的是整個空間，平原似的座椅延展出去，交錯排列直到黑暗的盡頭。那些絲絨的空間上仍隱現著曾經的客影，她彷彿能透見他們專注聆聽的透明面孔，還能聽到他們起立歡呼喝采，久久不歇的掌聲與笑容。陰影覆蓋著倒下來，如天矗立的是光滑的杉板與凹凸有致的雕痕，這雕痕頂著陰影而向上生長，觸及水晶閃爍的屋緣，陰影隨之攀附而上，蛇樣纏繞著神秘的黑暗，而仰望的是不規則明滅的水晶燈，似乎是某種圖案的訊息。一塊塊分割如天幕，微弱的光影潑灑下來到排列著的絲絨空間，穿過黑暗而由吞噬中逃生。空間由平面延展成三度四度，也許是五度，而由上方和兩側向她包圍下來。她站立的平面沐浴於光華之中，直撲下來的是狼吞虎嚥的燈，而她感到重量與壓迫，不能呼吸地屏息。她轉過身，數不清的石鐘乳生長至宇宙深處，閃動金屬的光澤，寂靜的鏡面反射出寂靜，而它們正眈眈地等待沉溺。

　　她立於這空間之前如同立於宇宙深處，覺得自己被擊碎成無數分子，心智擴展至空間和時間之外。這空間濃稠旋轉如綠霧，向她包圍過來，拱她在中心，她感到暈眩不能呼吸。這空間竟似有生命，把她的心智托起，在她腦中低語：加入我們吧！成為這永恆的存在吧！她迷失在這空曠的低語中而喪失了召喚自己的勇氣，靈魂飛翔而渴望歸於低語。她伸手摸索那來自宇宙深處的光源，卻盲目地看不見；她想步向前，走入親愛的黑暗中如同歸來，渴望沉陷在這莊嚴的空間中。她迷失了，震撼而收不回自己，她的每個自我游離在宇宙裡，閃逝每個曾經與永恆的靈魂，他們一度存在於這平面，像她一樣朔動於光華之中，像她一樣碎裂成無數鏡面而逸至時空之外，期待成為永恆。她看見他們流轉的身影旋舞於透明的心靈之間，他們圓形的正弦波還搖晃在宇宙間垂擺，他們已是永恆中沉溺的低語，召喚每個奔跑在綠霧中的分子歸於生命。她聽見轟轟的采聲排山倒海而來，卻是無形地迫退她至空間邊緣，她全力注視著前方，千萬雙手和唇喊殺而來，她竟感到這平面的孤獨無助與蒼涼。她嘗試收回自己每個分子，卻發現自我已被黑暗攫出光華之外，而她陷在光華中不能走出。

於是她了解，他們都是心甘情願地撲向這宇宙表面，在毫無吸引力及黏著性的網中任由擺佈，他們徘徊於綠霧中吞蝕宇宙中閃爍的生命，然後他們也成為綠霧的一份子，成為召喚的力量。他們隱現在永恆之中，召喚每個碎裂的靈魂，閃閃一如死亡甜蜜的鏡面，反映生界的痛苦的快樂。他們低語著：加入我們吧！成為這永恆的存在吧！他們迫近又遠離如行星運轉，那種既歡樂又悲傷的迷惘令她不知所措；他們搖撼裊裊如幻影，在宇宙深處游離，他們巨大如微塵，他們沉重地在她的影子上踩踏出纖細的蓮步，他們不止息地召喚，一如召喚死亡，要求並誘惑她如同飛撲光華的迷蛾。他們華麗地逝去更華麗地歸來，實現承諾而運轉永恆；他們敲打靈魂成複雜美麗的程式，他們合音成黑暗，出沒時隱時現又難於追尋。他們持續流轉地召喚。她跨向前。

她站在祭壇第一階，一身黑裙，黑色的安魂曲，黑色的交響樂團和指揮，黑色的人群，黑色的宇宙光華。弦樂拉響空間，管樂吹出永恆，白色的指揮棒盲目的顫動，而肯定地敲下程式，她感到膨脹而渴望釋放飛翔，急切地想投入那些閃動的永恆，她已失去感覺。然而莫札特沉重地響起，面對死亡黑色的宇宙他不得不譜出死亡，他顫慄地哀慟，在窮愁潦倒中被死亡追趕。死人是親切而溫柔的，上主！求你垂憐！求你賜給他們永遠的安息，並以永恆的光輝照耀。他盲目地對著瓦爾賽克伯爵乞求，而後者冷笑於面具之下；他的手乾枯地長出每個音符與譜節，重覆地交錯與並列，領先與落後，獨立與共生，而伯爵的得意猖狂於黑暗之間。敲啊定音鼓，一下又一下敲在她心上，讓她飛得更遠了，而莫札特仍在寂寂地與死亡賽跑，上帝請你俯聽我的禱告，他說；他揮舞雙手，腐化的身軀滾至地面，沿著行行的拉丁文滾去，伏在死亡的黑翼之下。她對著黑暗凝注心神，時空如閃電般裂絕，她的心智力量突地增強，她躍過時空，在那冷冷的維也納市郊，狂風帶來死亡與腐臭的氣息，貧窮的死人們享受豐盛的土壤和蛆蟲，蚯蚓在他們空洞的胸腔間歡唱。歸去吧莫札特，神奇的號角聲已響徹雲霄，你仍將不眠不休於死亡的追趕之前，你將背負你的音符和拉丁文，審判之前無所逃脫，只能屈在破敗的麻布中在重重的掩埋之下，疾疾地揮著譜節和你可憐猥賤的生命。她笑了，黑暗中伯爵一揮手出巨大的黑暗，她暴露出隱密和罪行在審判之前，莫札特哭著：慈悲的源泉，請你救我！而指揮棒再次重重揮下，翻譜聲在空間中迴響。

尖銳與低沉並列在黑暗之中，她瞥見空間中有人沉睡安詳一如死亡不，上帝你怎能為我落淚，莫札特狂亂地喊道，你為尋我，奔波勞瘁，又為救我，架上受刑。她仰視光華，而那光重重壓迫下至她胸腹之間，她不能呼吸，盲目地看不見；她一揮手把包裹裡的莫札特擲入黑暗之中，去吧莫札特，平庸的蘇斯梅爾將步入你的歸途。而伯爵狂笑至瘋癲。她的雙手出汗，使勁地在裙上擦了擦，她吼出一篇又一篇的彌撒，莫札特你可聽見我，你的生命在空間中飛翔，召喚我如召喚死亡，你的力量讓我不能自拔如綠霧中撲火的迷失的靈魂；天主我虔誠祈禱懇求饒恕，但求你善心寬容待我，別讓我墜入永火。伯爵你可聽見我。她身後的他大聲道，請你召我進入受祝福的行列，而銅管在她前方輕蔑地回響，哈哈莫札特你死得好不悽慘，至今我狂笑在空間之中尋你碎裂的拉丁文。那愚蠢的蘇斯梅爾想編造我的下半身，我伏地哀求心碎如灰，但求你能關切我的最後命運。她迷惑了，今天我在這空間中為何飄盪，我飄盪在空間中迴旋得傷痕累累，我被接受亦被拒斥於沉睡之外，我狂歌我哀泣我垂憐，悠悠搖擺如風中的麻布；我拉著伯爵的黑衣悲號你還我的命來還我的命來，伯爵說妳何不看看那倒霉的莫札特，他還在喃喃自語團團亂轉，但主啊求你予以寬赦，求你賜予他們安息阿門。她驚惶地抬起頭，耳邊轟轟的迴音告訴她，她剛唱錯一個音節，她怒道可惡的蘇斯梅爾你怎敢管我，卻發現空間視她以無名的悲涼。

大家都亢奮起來了，她偷懶休息，微微移動無知覺的雙腳以求平衡，她專心地閱讀音符將之翻譯成歌聲。她看著定音鼓，它急速的震動聲隆隆遊行於空間之中；在她身側，拉丁文四濺如綠霧中碎裂迷失的靈魂，沒有方向地飛躍擴散，她轉開了頭。這是一個無聊又荒謬的玩笑，她想，什麼是主耶穌基督光榮的君主求你拯救已故信友的靈魂脫離地獄和深谷，什麼是主請接受我們為讚美你而獻上的犧牲和禱告求你接納我們今天追悼的亡靈讓他們由死亡超昇至永生之界。她冷笑了，死人雖然僵直而恐怖但卻溫柔而親切，他們一去寂靜之鄉而不再歸來如碎裂的鏡面，他們只能在綠霧中迷失飄盪在痛苦的快樂的甜蜜的陷阱裡，他們只能誘惑而不能強迫我心甘情願飛撲於這毫無吸引力及黏著性的宇宙表面。然而她是進來了，她迷失而震撼碎裂了，尋不回自己走不回原來的軌跡，陷在鏡子那一面而找不到裂絕的時空讓她無力的心智歸來安歇。莫札特你可知我，他的裸露的頭顱在遙遠的維也納市郊土壤下對她點頭又點頭，無眼珠的眼眶盲目而茫然地望著她，東倒西歪的如墓碑的乾枯的牙齒咧開來對她微笑，在胸前交握的細瘦蒼白的手骨伸過時空來想觸摸她的臉頰和頭髮；他的空闊的黑洞般的胸腔深處傳來低遠的呼吸聲，腐臭敗爛的聲音連同呻吟和死亡的氣味逼近她的面前，是我賦予妳永恆的生命和宇宙空間，還我的命來妳還我的命來。她幾乎要因恐懼而尖叫。

她張大了口發出高八度的音階，神聖的上主萬物的上主，你的榮耀充滿天地，歡呼之聲響徹雲霄，奉主之命而來的當受讚美，歡呼之聲響徹雲霄。歌聲響徹雲霄，空間為之震動，沉靜安睡的人醒來了，先伸懶腰再打呵欠張開惺忪的眼睛凝望光華下的她，她一面發聲一面恨恨地想誰說親愛的我必歸來，誰說免除世罪的天主羔羊求你賜給他們永遠的安息，誰說上主求你以永恆的光明照耀他們，我真希望一揮手把你擲入黑暗之中像當年時空那端遙遠的莫札特。莫札特一面急急地寫著拉丁文和音符一面向伯爵說你看她欺負我在那廣闊的空間之中黑暗的土壤之下，蘇斯梅爾惶恐地在後面追趕老師等等我這是你死時未完成的曲譜我努力替你完成了就在這裡你看你看，伯爵慈愛地用黑衣包裹住莫札特顫抖細瘦枯乾的肩頭一面摸摸他的頭好像摸小狗或小貓說不要急不要吵你看馬上就到了到了再給你吃東西乖不要吵乖一面回頭大吼蘇斯梅爾你在那裡慢吞吞地幹什麼還不快給我滾過來。

她聳聳肩，立在光華之下祭壇的第一階之上，一面看著他們三人往黑暗中漸行漸遠，一面若無其事又聲如洪鐘地吼出安魂曲的最後一句：上主求你以永恆的光明照耀他們，使他們永遠和你的聖人同列，因為你是慈悲的。

而台下黑暗之中掌聲不斷，采聲如雷。

六

「慈悲的基督，求你垂念，我是你旅程的原由，別讓我在那一天墜入深淵。你為尋我，悲波勞瘁，又為救我，架上受刑；但願這些苦難不要落空無償。報應的審判者是公正的，求你在清算之日來臨前寬恕我的罪愆。

「我痛哭流淚宛如囚犯，自知有罪滿面羞慚。天主！我虔誠祈禱懇求饒恕，你曾赦免馬利亞，也曾憐恤了右盜，求你也賜予我一線希望。我的祈禱微不足取，但求你善心寬容待我，別讓我墜入永火。讓我廁身綿羊中，使我與山羊隔離，而立於你右翼之列。

「惡徒既經判決交付熊熊烈火，請你召我進入受祝福的行列。我伏地哀求心碎如灰，但求你能關切我的最後命運。

「那是痛哭流淚的日子，當人們由塵土中復生，負罪者都要被判處。但主啊！求你予以寬赦；慈悲的主耶穌！求你賜予他們安息。

「阿門！」

她抬起頭，對他溫柔地笑笑。「我喜歡『安魂曲』的這一段。」

「為什麼？」他問，一面掌控著駕駛盤，在疾行的夜車中又加速了馬力。

她的頭微微傾斜成可愛的角度，手指點在面頰旁，黝黑的長髮倚在肩上。「我想，大約是因為它語氣的真摯感人吧！每個人心中都有他狠毒殘暴的一面，而他們往往執著於追求所謂的崇高、偉大與美好的機緣，並且以為他們能夠隱藏心中的罪惡而不被別人知道。他們隱藏的功夫很好。或許，這就是為什麼他們的語氣能夠這樣地真摯感人吧！」

他笑了。「妳想的真多！」

她也笑了，一面把安全帶繫緊了些。

臨下車前，他突然想起什麼似的，叫住她。

「對了，上回妳帶到團裡去練唱的那隻小麻雀呢？牠還好嗎？」

她回答，淡淡的。「牠死了。」

她下車，走入黑暗之中，望望滿天繁星，心情很好。

「明天應該是個好天氣吧！」她對莫札特說。

湖畔的故事

這條大河曲曲折折地流過平原，在山腳下轉了個大彎，沖積出肥沃的土地。遷徙的人們來到這裡，嘗試著開墾播種，接著便勤勞地收成，搭起房屋定居下來，漸漸形成了一個質樸的小村落。

每天早上，市集裡總是熱熱鬧鬧的。種田的推著食米車子，整理著層疊的麻袋，賣牲口的牽著牛羊緩步前行，口裡吆喝著趕開好奇的小孩。織布的，扛雞鴨的，做小吃的，都聚集在村子中央的廣場上，招呼聲和問候聲不絕於耳。婦女們談論著家常事，拉過身旁半大不小的嬉鬧孩童，喝斥著然後安慰著。每天早上，村子裡總是充滿了這樣親切而祥和的氣氛，隨著下田的人們步上田埂，大河也在朝陽下閃動著水光。

眼看著人們漸漸散去，市集南角的老人站起身來，收拾自己的攤子。老人賣的是花，各式各樣的鮮花排在籃子裡，翠綠的葉上還凝著露水。他的花總是那麼新鮮好看，有一股淡淡的芳香持久不散，是村民最喜歡光顧的攤位。姑娘們買了小菊插在鬢旁，面容便光潤纖巧起來，老婆婆買了茉莉回家供在佛前，神像彷彿也欣喜地微笑，祝願下一年又將風調雨順。偶爾有小夥子害羞地前來買花，老人便特別少算些錢，細心地整了整花束，又灑了些水，望著年輕人充滿希望地離去。

沒有人知道老人是從哪裡來的，村裡的人們回憶起來，只知道老人約莫七十多歲，獨自住在村外一個小小的湖旁邊，照顧著小小的花田。人們經過老人的屋子，常會看到老人在花田中工作，有時提桶澆水，有時也拿了大剪子整理花型，把修下的枝葉細心地埋在土裡做肥料。中午的時候，老人會搬張椅子坐在屋前，一邊吃簡單的餐食，一面靜靜地看著風景。傍晚，老人也會到田裡工作，彎著腰在花叢間除蟲，直起身來和經過的人們打招呼，夕陽照著湖水，粼粼波光映著桃紅的天色和繁花，人們都說這是他們見過最美麗的風景。黑夜來臨時，老人早早地休息了，田中的花兒在蟲聲和月光中靜悄悄地隨風搖曳。

老人很得村民的尊敬，一方面是他的生意公道合理，各式鮮花是村民生活中最好的點綴，一方面也是因為老人親切和藹，對大家都很照顧，人們有了爭執或疑難雜症而向他請教，老人都能做出最好的判斷與答覆，使大家都很滿意。孩子們喜歡聚集在老人身旁，聽他說著長久遙遠的故事，眼神中流露出好奇與嚮往。大家也喜歡聽老人的教訓，用緩緩的語氣道出忠孝節義，每個人的心中就都有了正當的標準與原則。

　　一年又一年，老人快樂地種花賣花，在小小的田裡靜靜工作。花田是老人的生命，每當看見一行行、一列列的花兒綻放出美麗的姿采和清香，老人的心中便充滿了喜悅，暗暗在心中願望著這平靜的生活直到永遠。他不能想像，如果自己失去了這片花田，失去了視若子女的花兒們，生命還會剩下什麼意義。老人也喜歡村民，他們就像是他的家人一樣，為他歷盡滄桑的生命帶來了溫暖與關懷。

　　好景不常，這一年村裡碰上了罕見的大旱災，水井枯竭，大河也奄奄失去了生氣。田中的作物在驕陽肆虐之下，一片片垂頭喪氣地死去，牲口們沒有飲水和吃食，倒臥在棚屋中，人們也面臨絕糧的嚴酷考驗。村裡一向自給自足，沒有人想到這肥沃安穩的家園居然也會有災殃，大家一向快快樂樂地生活，倉房裡並沒有多少存糧。如今沒有了收成，祖先們輾轉遷徙、災荒中忍飢挨餓的死亡陰影又出現在村民腦海中。

　　親切祥和的氣氛沒有了，人們變得暴躁易怒，為了細小過節而爭吵，在田界搶奪原本已不足的水源。平時彼此分享的水和食物，現在變成每個人眼中最大的寶藏，自己密密收藏唯恐被人發現，更想從別人那裡多得一些，供給越來越飢渴的肚腸。市集早已不復存在，村民變得自私而無情，夜晚有人破壞作物，糧倉也遭了小偷。當第一件搶劫在白日發生，人們真正變得驚恐了，災荒已徹底改變他們的生活。

　　這一切看在老人的眼裡，只覺得心痛而不忍。這許多年來他把村民看做自己的家人，決定在此終老一生，沒想到竟發生了這場大變故，歷盡滄桑的記憶立刻提醒他，人心早已隨著大自然的迫害而變質。他把自己所有的糧食拿出來送給挨餓的人們，到處奔走勸阻各式各樣的糾紛，嘗試平息村民的驚恐與忿怒，說服大家忍耐互助以度過這場天災。每天晚上老人回到湖旁的小屋，儘管再疲憊也會對著湖水與花田默默祝禱，希望上天看在他一片誠心，能夠早日降下甘霖解除災荒。白晝的烈日和夜晚蒼白的月光曝照著這片花田，花兒死去了不少，卻仍有一小片蘭花靜靜地挺立著，在乾燥的風沙中搖曳，成為老人最大的安慰。他小心翼翼地導引著所剩不多的湖水，辛勤地灌溉著這一片蘭花，為了這生命中最後的希望和價值而努力不懈，一如對村民的不放棄。

這天老人請了村裡爭執得最厲害的兩家來到小屋，希望能促成他們的和解與合作，一同建築引水的溝渠和土壩。其中一家的青年看到這一片蘭花，他們飽受飢渴的心靈掩過了理智的道德判斷，盲目的怒氣勃然生起。

「看哪！他的花長得這麼好，他一定私藏了水源！」他們喊著。

老人眼睜睜地看著最後一片花圃被踐踏、被毀滅，殘破的花瓣飄零在空中，像塵土一樣落得到處都是，褪去了色彩和芳香。老人無力地想阻止暴行，卻被推倒在地上。

「你這自私骯髒的老頭，走開！」他們叫著。

老人坐在地上哭泣，看著野蠻的村民們一寸寸毀去他的心血，甚至破壞他與之相依為命的小屋。他的種花的工具被丟在地上踩踏，賣花的竹籃也被粉碎扭曲。當村民們開始呼嘯著搶奪湖中雜著污泥的水源時，老人知道，真正的災荒已經來臨了。

傍晚，夕陽血色的光芒再度籠罩大地，老人依然坐在地上，垂著頭，滿佈皺紋的臉上淚痕已乾。老人呆呆地望著村民遠去的方向，那曾是他的第二個家鄉，如今卻感覺隔世也似的陌生。他又看看花田，看看湖水，一股淒涼湧上心頭。有一片花瓣落在他的腳前，纖小的紋路依然完整無損，顏色也還鮮豔。老人輕輕地檢起花瓣，對著夕陽凝望，心裡回憶著曾經在這湖畔度過的每一分美好時光，他與他的小小的花田。落日的餘暉在花瓣上掙扎著停留了一會兒，隨即沉入山後，黑夜已經來臨。

第二天，村民發現老人死在乾涸的湖畔。天上奇蹟般落下雨來。

夢迴

一

曹大年走在路上，一直弄不清楚現在究竟是要天黑，還是快天亮了。天空是一片鐵灰色，看不見日月星辰，彷彿還有一層朦朧的白霧籠罩在四周。沒有風，路旁的草直直地站著，他再望望田裡，也是一個人都沒有，麥子安安靜靜地生長，好像在窺伺他。

大概是都回家了吧？曹大年想著，腳下加快了步伐。昨天在城裡接到妻子托人帶來的口信，說是老爺爺過去了，叫他這個長孫回來主持葬禮。今天一大早他匆忙收拾了行李，就兼程趕了回來。

老爺爺今年九十八歲，身子骨一向健朗，不知道什麼時候生了病，竟然就這樣過去了。家鄉的規矩是要預先準備棺材，停在柴房裡，必要的時候再抬到大廳去。曹大年幾乎已經能看到家人準備喪事的樣子：下人們把空棺抬到門旁邊，父親點上蠟燭，掛上白布幔，接著跪下來磕了三個頭，祖先的牌位在燭光中閃動著一種詭異的光芒。二弟和三弟掀開通往老爺爺房裡門上的布簾，腳步聲直直走進去，然後就是搬動床鋪的聲音，他自己一動不動地站在空棺前面，看著家裡資格最老的門房曹漢走到棺材旁，長滿厚繭的雙手扶住棺蓋兩側，準備打開棺材——

曹大年在路中央停住了腳步，感到一陣奇怪的恐懼從腳底昇起，不禁打了個寒顫。從小到大，他從來沒有看過親人入棺的過程，每當有人過去的時候，長輩們總是把小孩子關在房裡，不到下葬完畢不准出來，據說是死人的惡靈會躲在空棺材中，在打開棺蓋的一剎那，竄出來抓住小孩子的魂魄，咬得喀喀響。他只能躲在房裡聽著那種充塞全家的寂靜，沒有人敢說話，好像連喘口氣都會吵擾到惡靈一樣。他　縮在被窩裡，只露出眼睛來，生怕惡靈會嗅到小孩子的氣息，飄過來撲咬他。死去的老爺爺連床鋪一起抬到大廳，恐怖的乾枯的嘴唇張開來，焦黃的牙齒東倒西歪，露在嘴唇外，好像等不及要咬人似的……

　　曹大年又被自己嚇住了，他不知道自己怎麼會想到這些事情，即使是他從來不知道的細節，也如此清楚而熟悉地出現在腦海中，好像已經重覆過千遍萬遍。他站在路中央，看著遠遠的彎曲的黃泥巴路延伸到一個小村莊，那個他三年來從沒回去過的家鄉。他知道今年田裡歉收，隔壁的大牛卻添了一個胖兒子，取名小牛，他也知道家裡的井枯了，二弟叫長工在門外那棵白楊底下又挖了一口。還有翠鳳，他的妻子，在操勞了整天的家事後總會背痛，這個月她聽從郎中的指示，在胸口緊緊地纏了一層布，背痛竟然好多了。

　　可是這三年來，家裡壓根也沒有和他聯絡過，父親百般忿怨他離家而去，寫了多少封懇求的長信，每次都燒掉，也不准任何人回信。這次要不是喪禮一定要長孫來主持，父親也不會睜一眼閉一眼，讓翠鳳偷偷托人帶消息給他。

　　曹大年搖頭嘆氣，繼續向前走，那種萬般熟悉的感覺越來越強烈，他幾乎要相信自己一直住在家裡，安安份份地耕田，從來也沒有離開半步。天色還是一樣的鐵灰，他走過好幾片麥田，路的前方那塊剝落得只剩下一半的石碑，提醒他曹家莊已經到了。

　　　　　二

　　從村子口進來，倒數第三戶就是曹大年的家，窄窄的前門，矮矮的屋簷，進門後穿越小小的曬穀場，可以一直走到正門裡大廳前方的祠堂，向祖先磕三個響頭，這也是曹大年現在正在做的事。他直直地跪在地上，磕下頭的時候可以看到門旁邊的棺材，就那樣龐大而寂靜地停在他的身後，他跪在棺材的陰影裡。他抬起頭來，翠鳳站在供桌旁邊，手裡絞著一條白手絹，髮上也插了一朵小白花。二弟和三弟從房裡衝出來，叫他大哥，他應了一聲。

　　曹大年知道父親正從老爺爺的房裡走出來，布簾遮住了身影，可是他知道父親手裡緊緊握著拐杖，抽動的臉上滿是怒氣，準備一見面就給他一杖，正中他的肩膀。父親會用沙啞蒼老的聲音罵他他會默默站著，接受父親的怒罵責打，翠鳳會突然大聲哭出來，二弟會衝過來扶住父親，替他求情，而三弟會呆呆地站著，臉上一片錯愕與驚喜交織。

父親果然掀開布簾走了出來，手裡緊握著拐杖，他準備躲開父親的擊打，卻沒想到自己居然動彈不得，硬是挨了一杖，肩膀根子痛得要命。他正奇怪自己為什麼真的挨了一杖，父親已經開口罵道：「你這個不肖子，居然還想到要回來，要不是老爺爺過去了，你心裡還有這個家嗎？」那蒼老而沙啞的聲音提醒他，父親真的老了，沒想到那一杖還那麼有力，大概是氣極了。翠鳳真的哭了出來，像一支嗩吶尖聲響著，二弟也真的衝了過來，強健的手臂扶住父親用力過猛而站立不穩的身子，低聲勸慰著父親，一面使眼色叫他趕快跪下認錯。他卻只是站著不動，一面轉過頭去看著三弟，果然看到了那副他早已知道的表情。

父親罵了一陣子，最後累得坐下來，不停地喘著氣。曹大年還站在原地不動，心裡疑惑著為什麼每件事他都預先知道，卻又不能改變分毫。二弟走過來，要他到房裡梳洗一下、換件衣服，葬禮馬上要開始了。他向父親鞠了一個躬，父親只是哼了一聲，站起身來回到老爺爺房裡去。他也走回自己的房間，翠鳳在後面跟著。

翠鳳給他換上一套黑色的長袍馬褂，扣好每個釦子直到領口，弄得他喘不過氣。他看著翠鳳專心扣釦子的一雙手，粗短而飽經勞動的手指，沒有他在城裡看到的那些女人的手指漂亮。她的臉上已經有了皺紋，身軀有些消瘦，頭髮也白了一些。他突然覺得她好陌生。曹大年看著她，知道她在一年前已經偷偷接受了二弟，每隔幾天的三更，二弟都會溜到這房裡，摟抱著翠鳳，兩人在靜靜的夜裡只是嘆氣，一句話也不說，然後二弟在五更時會再偷溜回他自己的房間，翠鳳則起來準備一家大小的吃食。

可是曹大年沒有怪她，他知道自己一去三年，沒有一個女人能熬得過這種寂寞的苦日子。他抬起手來，輕輕地摸了一下翠鳳的臉，說道：「妳變瘦了。」翠鳳閃電般抬起頭來，看到什麼妖怪似地登登登退了三步，撞翻一張椅子，髮上的小白花掉在地上，臉上一副懷疑和驚恐的表情。曹大年知道她在猜測他說這話的用意，便又說：「妳跟二弟……我不怪妳。」他轉身走出房門，留下身後房裡的翠鳳低著頭，看著地上的小白花。

三

曹大年走到大廳時，父親已經在磕頭了。他搶上前去扶住父親搖晃的身軀，父親掙扎了一會兒，終究是接受他的幫助，讓他扶了起來，坐在供桌旁的椅子上。二弟和三弟已經走進老爺爺房裡去了，腳步聲從布簾後傳來，然後是搬動床鋪的聲音。父親問他翠鳳怎麼還不過來，他說也許等一下吧，心裡卻知道此刻翠鳳已經懸樑自盡在房內床前，連同她肚裡那塊，二弟的骨肉，小白花插在她微微懸溫的髮上。他感到心中十分平靜。

下人們聚集在門旁，曹漢走上前來，低低地喚了他一聲大少爺，又退到空棺材後面，和大家一樣垂著頭。二弟和三弟從老爺爺房裡走出來，抬著一張床，老爺爺躺在上面，原本健朗的身軀現在只是一具瘦削的骨架，覆著薄薄的皮肉。曹大年閉起眼睛，又馬上睜開，看著老爺爺的臉。他知道老爺爺病了五個月，每天喊肚子痛，附近幾個村子的大夫都請來看過，卻沒有人能說出老爺爺得的究竟是什麼病。老爺爺一個人躺在幽暗的房間裡，每天三趟送飯送藥，都被吐得滿地，下人們厭煩，父親總是嘆氣，翠鳳和二弟在夜晚小聲談論著買藥的費用，只有三弟，常常在病床前陪老爺爺說話，為他清洗身子、換被褥。老爺爺死的時候，全家人都圍在床邊，老爺爺緊抓著三弟的手，口裡喊著「大年！大年！」三弟安慰著說大哥馬上回來了，二弟向翠鳳使了個不屑的眼色，父親卻老淚縱橫。老爺爺猛地喘了幾口氣，乾枯的嘴唇張開來，嘴裡流出一條血水，焦黃的牙齒彷彿也染紅了，然後整個房間歸於一種絕對的寂靜。老爺爺過去了。

曹大年轉身面對那副空棺材，龐大的空棺堵在門口，形成一種盤踞的架勢，似乎也堵住了大廳裡每個人的生命。厚達七寸的棺木，頂部隆起成墳墓似的奇妙弧度，前方貼上一個紅色的「福」字，像是年節時門外倒貼的「春」，後面則貼了一個蒼白的「壽」字。他盯著棺材看，知道工匠在磨製的時候，裡裡外外一共上了二十五層漆，這是家鄉對年高德劭的長輩最虔誠的敬意。空棺停在門口，像是空腹的野獸蹲坐著，背負門外鐵灰色的天空，以及下人們黑色的寂靜的身影。這野獸用一種充滿敵意的姿勢俯臥在他面前，仰著頭，紅色的「福」字像老爺爺嘴邊的血水，獰笑著迎視他沉默的目光。父親重重咳了一聲，曹漢垂著頭走到棺材旁，長滿厚繭的雙手扶住棺蓋兩側，準備打開棺材。

棺蓋剛抬起半寸，曹大年突然感覺到肚子上被人重重擊了一拳，他覺得頭昏，汗水不停地冒出來，順著脊樑冷冰冰地一直往下滑，停在後腰眼的地方。他感到前所未有的恐慌，猛地喘了幾口氣，衝向前用力格開曹漢的雙手，棺蓋發出一聲悶響落下，野獸飢餓的嘴巴又嚴絲合縫地閉起來，曹漢木然地望著他。他彎腰向前，用全身的力量壓住棺蓋，汗水濕透的長袍裡，脊樑隨著劇烈的喘息而上下起伏，他緊閉著眼睛，說不出一句話。曹大年趴在棺蓋上，孩童時代的恐懼又回到他的心中，他彷彿又回到被窩裡，露出一雙眼睛，茫然地凝視著空無一人的房間。寂靜的空氣裡似乎有什麼東西在流動，透明的惡靈在房間上空盤旋，從打開的棺材中出來，飄過門口懸盪的布簾和彎彎曲曲的走道，直飄到他的頭上。他看見惡靈在空氣中凝聚成形，像是冬天野地裡張口呵出的白霧，在床板上飄浮。那是一張灰白色的臉，細長的頭髮，瘦削的輪廓，猙獰地笑著，眼睛是空的，然後那張臉突然變成一個骷髏，張大了血淋淋的嘴巴，尖尖的牙齒向他撲咬過來。他清楚地看見惡靈的頭髮飄揚在空中，像是柴房裡的蜘蛛絲，灰白色的線條像楊花一樣飄盪著，旋出一條漂亮的光芒，他看到了天邊虹霓的色彩。小小的曹大年尖叫出聲，用手遮住眼睛。

大廳裡所有的人都嚇了一跳，二弟衝到他身邊，問他怎麼回事。他抬起頭，被汗水刺痛的眼睛困難地睜開，隆起的棺材頂部在他眼前形成一座巨大的墳墓，這墳墓有二十五層屏障，可是他知道在墳墓深深的底部，惡靈正張牙舞爪地怒吼，要竄出來抓住他的魂魄，咬得喀喀響。我不能說，曹大年呻吟著，有恐怖的事情要發生，可是我不能說，不能說啊！他掙扎著往後退了幾步，一面喘氣一面盯著棺材，不知所措的二弟站在他旁邊，父親顫抖著站了起來，三弟搶過去扶著，下人們你看我、我看你，竊竊私語著。曹漢走上前來握住他的手臂，低聲說道：「沒事了，大少爺。不會有事的。」

他看著曹漢，這門房年老的眼珠是一片漆墨似地黑，他看不到任何東西，只是一個深深的無底洞，迴響著寂靜的聲音。曹漢的眼睛直直地盯著他，黑色的眼珠旋轉著不斷擴大，大到遮蓋天地的程度。他在這急速旋轉的黑色漩渦中尋到了某種平靜，知道這一切都會很快地過去，就像從夢中醒來一樣，所有的記憶都將如潮水般消失無蹤。曹大年迅速地鎮定下來，指揮曹漢把棺蓋打開，父親鬆了一口氣，又坐了下去，二弟和三弟走到老爺爺的床鋪旁邊，抬起瘦削的骨架。老爺爺很快地睡入棺材中。

一切都準備妥當，下人們七手八腳蓋上棺蓋。曹大年走上前，把第一根釘子敲入棺材邊緣，隨後便退到父親身邊，看著曹漢完成剩下的工作。

四

鐵灰色的天空下，還是一點風都沒有。一小群人在黃泥巴路上緩緩地移動，前面的曹大年騎在一匹馬上，父親倚在轎子裡咳嗽喘息，二弟和三弟領著運棺的牛車，曹漢帶著下人們跟在後面。田裡的麥子要收成了，麥桿卻沒有被飽滿的穗子壓彎，直直地站著。曹大年想起他在城裡看到的那些豐滿的女人，再次感覺到那種窺伺的眼光。

馬匹緩步走著，曹大年沉入思索之中，他發現一切的回憶都在腦海中漸漸地淡去，自己已經記不得蓋棺以前的事情。他們把棺材抬到牛車上，套好了馬匹，朝著一里外的土崗走去，他知道歷代的祖先都安葬在那裡，每個人享有一塊小小的土地和一方石碑，而老爺爺的墓穴已經挖好了，在土崗的頂部。

這些都是未來的回憶，曹大年想著，雖然他能知道所有已經發生和還沒有發生的事情，卻一點也無力改變。他想起小時候，村裡來了一個跑江湖的木偶戲團，他常常丟下柴房裡的工作，帶著二弟和三弟一起偷溜去看戲，回來總免不了一頓好打，二弟和三弟害怕父親責罰而不敢再去，他卻滿足於這種冒險的樂趣。戲看多了，小小的曹大年能記熟所有的戲詞和動作，有一回他央求師傅讓他試著擺弄木偶，師傅答應了，他獨自鑽進戲台的布簾底下，口裡興奮地叨念著喊殺的話語，等到他接觸數不清的絲線和冰涼的漆皮，才發現木偶其實出乎意料的沉重，自己一肚子的妖魔大戰完全派不上用場。他拉住繫著木偶頭部的絲線，偶人抬起鮮豔渾圓的頭顱，向他望著，他發誓看見木偶自己睜開眼睛，漆黑的眼珠盯著他看，血紅的嘴巴突然發出奇怪的笑聲，好像在嘲笑他的軟弱無力，手臂無聲無息地抬起來，碰到他冷汗直流的後頸。曹大年嚇壞了，丟下木偶轉身就跑，險些撞在戲台的木柱上，木偶在身後笑他，尖而細的嗓音一直在耳邊迴響了好久好久，直到他跑進家門，跪倒在祖先牌位和父親嚴厲的責打之下，那種嘲笑聲似乎還藏在供桌上的香爐之間，隨著香火的青煙在頭頂飄盪。從此之後他再也沒有看過戲。

那種笑聲又傳來了，曹大年回過神來，才發現是轎內的父親在叫他，說是土崗已經到了，準備把棺木卸下來。二弟和三弟已經在解開牛車上粗大的麻繩。

下人們抬起棺木，由曹漢領著向土崗頂部行去，他扶著父親吃力地走著，二弟和三弟跟在後面，他可以聽見父親沉重的喘息聲，粗大的腳步踩在黃泥坡路上一下又一下。曹大年抬起頭來，看見棺木已經運到了崗頂，在鐵灰色的天空下傲然地俯視著他，似乎在等他自己投進這野獸半飽的肚囊。曹漢和下人們圍繞在棺木四周，泥塑木雕的身形看不見面目，只有一具具黑影靜靜地嵌在天空裡面。父親突然振奮起來，他幾乎是被父親拖著上了崗頂，二弟和三弟隨後也跟了上來。

　　父親興奮地指著天空，用蒼老沙啞的聲音說道：「起風了，終於起風了。」曹大年望著天空，知道每次送葬的時候，總是要等到棺木和所有送葬的親友都到了崗頂，才會颳起風來，而風會越來越大，棺木必須趕快落穴，否則狂風會把死人的惡靈颳起來。曹漢搭起簡單的滑車，用繩索繞過棺材之後懸吊起來，往墓穴緩緩地落下去。狂風吹得棺木不斷擺盪，二弟和三弟搶上去扶著。

　　曹大年站直了身體抵抗大風，頭髮和衣服都被吹得亂七八糟。他用極目力眺望崗下，黃土地上一片平靜，彷彿狂風只是吹著崗上這一塊地方，他們所有的人，都將和落穴的棺材一起埋葬在這大風之中。他看著遼闊的土地，感覺自己是這景象中唯一的陌生人，不論在什麼時間，他總是站在外面看著每件事情重演，印證他早已知道的一切。有時候他覺得這種預知只是一個懲罰自己的過程。懲罰什麼呢？曹大年在風中想著。這並不是一個公平的回憶。他努力把衣服裹緊了些，突然發現，他已經記不得上土崗之前的任何事情。

　　父親叫他過去送土。他走到墓穴邊，看見棺木已經深深地沉放在土坑中，野獸在陷阱裡不甘心地向他咆哮，卻再也沒有辦法爬出來。曹大年接過二弟遞來的鐵鏟，用力踩向土中，鏟起一堆土，他驚訝地發現黃土如此沉重，就像戲台後面冷笑的木偶。狂風吹起塵沙，迷住了崗上每個人的眼睛，他把鏟上的土用力往墓穴倒下去，落在棺木上的卻只有一小撮，坑底的野獸向他得意地冷笑。曹大年第一次發怒了，他看見自己更用力地送土到墓穴中，棺木漸漸被掩埋起來。墓穴另一邊用力鏟土的曹漢突然止住動作，低低地喚了他一聲：「大少爺。」他訝異地抬起頭來。

　　曹大年抬起頭，看見曹漢用一種悲憫而平靜的眼神望著他，那漆黑的眼珠又開始旋轉著擴大起來。他聽見天空裡傳來一種鈴聲，淒厲嘶喊的鈴聲像嗩吶般持續從遙遠的天空一段又一段向他降落下來，似乎永不疲倦，在空氣中敲擊著撕扯著爬行著，越來越大聲。這鈴聲在他體內迴響，每響一段就前進了一步，順著血液冷冰冰地向著頭部走來，五臟六腑都在震動搖晃。這聲音企圖進入他的思想，把所有的記憶打碎，毀掉他在天地間的存在。曹大年被丟進不同的時間和空間，他看見自己一生中不同的片段在眼前閃過，交錯糾結在一起，再也分不清。他被拋擲得頭昏腦脹，一偏頭忍不住反胃，張開口便大吐特吐起來。鈴聲還在響著，他不禁大叫起來，卻發現自己早已發不出聲音，鈴聲漸漸包圍住他，他落在虛無之中，慢慢退化成一團原始的肉體。

於是曹大年突然明白了，這原是一場夢，我是在做夢啊！鈴聲一波波襲來，無形的浪潮沖散了崗上的一切，像是年畫的紅顏料在雨中褪色，四周的景象和人物都在鈴聲的潮水中震盪搖晃，扭曲成怪異的形狀而淡去，無蹤無影。曹大年看著這一切，不知道究竟是悲是喜，只覺得自己也在鈴聲中漸漸溶化，淡成一團調得太稀的麵粉，軟軟地飄浮在潮水之中，一寸寸地崩解離析，一點一點地離開了自己。他感覺到水份滲入自己的思想，所有的一切都不復記憶，搖晃在透明的水中，剛開始還在水面上，不一會兒就慢慢向下沉，漸漸消失無蹤，只看見一點點細微的雜質，淺淺的無法溶解的顏色，在水中輕輕地飄盪，然後便無聲無息地下落，棲止在幽暗的深深的水底。空無一物的水中，現在只剩下巨大的遙遠的鈴聲兀自響著，一段又一段。

出山

王孫兮歸來，山中兮不可以久留。　　　　——楚辭

　　山中的夜晚，等待黎明。四周一片靜寂，偶爾傳來幾聲犬吠或蟲鳴，一直不斷的則是風聲，窗上淒厲吼喊的樹影亂搖。其實風聲是聽不到的，這裡太靜，日月都在眼前輕易掠過，沒有痕跡；只有心跳聲敲打著自己，千萬毛孔都在共鳴，清醒地。

　　白日在林中漫步，千山的翅翼彷彿都消失了，唯一不變的是依然飽滿而鼓脹的林葉。那種蒼翠活生生地像是凝閃的血液，在與大地接觸的瞬間蝕入骨肉，靜待另一次生命的再起。多少年以後，這裡將成為廢墟一片，嶺與谷被擊碎後搖成平地，在深深的地心勾勒壓力與轉變。多少年以後，新的樹，是什麼樣子——這過程已在重重覆覆地計畫著。

　　森林是，「活的」，每一株樹，每一片葉，都在山中赤裸而恐怖地活著。總想著：百年孤寂，百年孤寂，隨著林相升起。這些巨大堅挺的林木在時間中伸著手臂，向天空無聲地吶喊，萬箭般射穿蒼芎。它們無聲地成長，在體內刻畫圈圈輪輪的詩篇，記下歲月的手跡，在頹倒腐折死去的時候，才能吟出最後的天日。喊了一千四百年的老樹，數不盡的心事折磨面目到蒼白絕裂，還要活下去，震耳欲聾地喊著。不忍。

　　深深感覺到的，不只是那份渺小，更是一種千百年來的孤獨。總是在思考孤獨的意義，這個無法求教的問題，往往在喧囂人群中最能體會；然而那份絕美的享受豈是吵雜紛擾的群眾所可比擬。森林中樹木與樹木擁擠著，掙扎攔截一片又一片的天空與山風，交錯糾結成無法分辨的惘然（與憤怒？）。在這密密麻麻的世界上，一株樹只能聽見自己的心跳，欣賞自己的心事，當自我無法容納時，便河也似地奔流出動彈不得的生命。凝神靜聽，樹的靈魂在腳步的沙沙聲中溶化而泛濫，或隨著積水朽葉下陷，洶湧傾洩。

　　一片又一片的林木串成山巒，綠色線上冉冉昇起嘆息似的輕語，化

為白嵐影子似地掩住大地。事物逐漸模糊而空幻，開始懷疑起曾經的存在，是否只是背景一張；許多喜悅、悲痛、震撼與感傷，都化作茫茫雲霧，在風中旋轉又旋轉地悠唱。「彷彿我生自文明的起源，世界又似乎將在我的眼底消失；也許『我們』將在另外的空間裡重演，或許要接著上演不同的戲碼——我一樣感到淒涼。那未知的編劇與導演，賜給我們寶貴的遺忘，卻教我們在盡頭想起。」是誰說的呢？青春與美，年老，歡笑與淚水，都靜靜沉默在無窮盡的綠林中，每看一次便是漫漶一生，又呕呕地在迷宮般的清冷中追回心心念念。峰迴路轉去尋那唯一而必要的柳暗花明，走到出口的時候，是不是會想起什麼，在每個抉擇的時分。

　　無可奈何，一如天池之水無法奔逃。於是山與天空，樹，夕陽，人，人的心與靈魂，都在這淡漠的冷情中沉落，學會拍打所有的禁錮與蕭索。夢中無夢，坐待另一個寂寂的朗日，終究要起身，終究是要回到世間的一步，不得不跨出。山中三日，靈魂自我解剖出血淋淋清晰的孤獨，而山下的思想仍得一身塵土地微笑，負擔起疲憊且永恆的孤獨。

　　回到人群中做一株樹，見到陽光的那一刻，自己的臉上，是哭著還是笑著呢？

曾經

○

　　暮色漸漸深沉，昏暗的天空中仍然可以看見一群群的鳥兒飛掠，棲止在這裡或那裡的樹上。廣大的狄斯奈樂園中，一盞又一盞的燈亮了起來，串連出整片整片的熱鬧繁華；來自世界各地，走著、跑著、笑著、吃喝著的人群，似乎也在這燈影中得到了夜神的鼓舞，繼續他們在園中歡樂的冒險。那樣收不攏的喧鬧聲，彷彿連空氣都暖熱了。

　　我和朋友穿梭在擁擠的大道上，嘻嘻哈哈地向湖邊跑去，手中拎著來不及吃的晚餐。四周的人越來越多，大家熱鬧和氣地推來推去；小孩子騎在父親肩上，伸手要搶我的冰淇淋，我躲到朋友身後，一口把冰吃掉。

　　好不容易擠到岸邊，夜晚的冷風已經越過湖面吹了過來，我們忙著裹緊大衣，還要空出手來準備相機，明知道這樣的一幅夜景無法留住，仍是要試著貪心一次。到處都是人，聊天的，尖叫的，微笑的傻笑的狂笑的，在燈影裡閃耀著青春的顏色，銀髮的老公公老婆婆們也旁若無人地隨著音樂搖擺起來——是的，音樂！水上緩緩泛舟的樂手早已奏起一曲又一曲爵士，伴隨著四處閃爍的雷射光束，人群不禁為之瘋狂。我們坐在亂成一片的人海中，正經八百地嚼起熱狗來，一個金髮小女孩很有趣地看著我們。而轉眼之間，精彩的雷射水幕電影就要開始了。

一

　　這是我第一次來美國，主要還是為了探望我的老同學，在西雅圖念書的I。當初畢業的時候，I說她要離開台灣，到外面去看看新世界的無奇不有，學習一種迴異的價值觀和生活知識，結果老天爺捉弄人，I不小心考上了研究所，從父母之命委委屈屈留在台灣念書，過著每天到處訪問寫稿的新聞生活。好不容易三年過去，Ｉ拒絕了某大報社的聘用，迫不及待地申請到加州的學校，乘著飛機離去，臨行前交代我一定要努力存錢，只要我到了美國，她負責帶我玩遍新大陸。

於是我回到中部小城的家鄉，隨意找了個廣告企劃方面的工作，安安份份賺起錢來，晚上則乖乖留在家裡看書聽音樂，享受一下在大學時代沒能享受到的各種心情，日子過得倒也舒服愜意。

常常在空閒的時候，我會把Ｉ的信拿出來看，從各式各樣的照片和明信片中，揣想海洋彼岸的生活是什麼樣子：舊金山、約瑟米提、大峽谷、拉斯維加斯、洛杉磯。有一次Ｉ在信中引用詩人楊牧的「西雅圖誌」，我一再讀著那優美動人的文字，不由自主深深羨慕起Ｉ來。我想，人總有一種實現想像的欲望，而我的欲望隨著存款數字的增加而越來越強烈，如今終於得償所願。

「六月間翻過雲霧中的山巒，滑落蒼松古柏的山路，回到了西雅圖，海洋和湖泊都是明亮的，陽光照在山坳裡，大街上。海鷗在紅綠燈之間拍翅鼓翼，鮭魚在運河深水裡勇敢旅行。我彷彿未曾來過的地方，但又彷彿是歸來，從精神的飄泊裡歸來。我是曾經來過，曾經住過。北西北偏西，多礁石的海岬。

「新居在山坡上，俯視一整片墜落的草原，一條小河切過草原當中，Meadowbrook 蜿蜒自西邊樹林中流來，向東消逝，不知道是不是流進那半月形的大湖了。在涼涼的夏日裡，我們站在陽台上，可以看見周圍三里地裡，環繞似錦如繡的常綠丘陵，點點的屋子，甚至在盛夏的黃昏，西雅圖還有人家生火取暖，白煙裊裊溢出，滯留在幾座針葉林的中間，更遠更遠處，通過鄰人屋頂上的天線網和煙囪，在巨松右側，遠處是瀑泉山的支脈，苔綠色的峰崚，猶積著亙古未嘗融化的冰雪。」

○

我們到得相當早，一面手忙腳亂地吞食早餐，一面興致勃勃地摩拳擦掌，準備在各項遊戲中搶得第一。週末的人特別多，還不到九點，大門口外早已排了數列長長的人龍，我們也夾在其中，看著早晨雨後的天空裡，太陽如何從雲層後探出臉來。

朋友帶著我在樂園裡轉來轉去，坐遍每一種雲霄飛車，怪里怪氣地尖叫，又笑又跳，用結結巴巴的英文向被嚇得目瞪口呆不知所措的老外們打招呼，爭執究竟是誰慘叫得最厲害。捧著地圖到處探險，同一個地方經過四次，笑罵之餘乾脆停下來照相，取那開得特別鮮豔的三色堇為背景，擺一個白雪公主中毒昏倒的姿態；擠在人群中看阿拉」遊行，或是坐一程灰姑娘的馬車。放眼望去儘是歡樂的人群，不論來自何處的遊客，都在這樣的氣氛中變成了小小孩，瞪大雙眼看著所有童話在眼前實現，驚嘆於美國人想像力的豐富，居然能創造出這樣一個沒有憂愁的天堂。

園中導遊的小冊子上這樣寫著：「Fantasmic! 看狄斯奈的夜景奇觀，米奇鼠的想像狂野飛躍！面對美洲河流中雄峙的巨獸和英雄，善惡之間的壯烈激鬥！」朋友告訴我，這場表演是運用雷射投映在水幕上的影像，配合實景道具和真人歌舞而成，由於場面盛大壯觀、美輪美奐，每個週末的夜晚演出三場，不知要吸引多少觀眾。一旁的美國夫婦已經是第三次來觀賞，他們最小的女兒才三歲，自稱是美人魚投胎，正急著要爬過欄杆「回到水裡去」，兩個哥哥拼命拉著不放；美國太太解釋這大約是受了錄影帶的影響。

二

I 開著一輛紅色旅行車到舊金山國際機場接我，長髮在風中飄揚，依然是簡單的襯衫牛仔褲。我比手畫腳數說著沿途的驚險刺激：飛機上的空中小姐如何努力用食物填塞乘客，快降落時如何碰到一個地震似的亂流，出海關時如何提心吊膽生怕簽證有問題，機場建築如何新穎壯觀然而卻複雜曲折得差點找不到出口。I 對我的大驚小怪十分好笑，一下子把我的行李拎起來，轉身大步朝停車場走去，不理會我在後面追著急急解釋：「真的啊！本來就是這樣嘛！」

I住在西雅圖郊區一間小公寓的樓上，略嫌窄小老舊的房間佈置得很有個人風格，床邊堆滿各類中英文新舊書本雜誌，書桌上亂七八糟，牆上則懸著好大一張布簾，是我們都很喜歡的那幅「長江」。在大學的時候，I總愛一口氣念將下來——從巴顏喀啦山蜿蜒流向東海人道是長江我卻說那是一條龍來自天上的雨水來自地底百泉以及來自山澗的水都在袖體內澎湃歌唱我們用這沸熱的歌聲沏茶釋出一些陽光和辛苦一些芳香和甘潤輕啜間突然感悟在那奔奏了億萬年的龍吟聲中每個人竟都是相依而無法分離的音符。「那時的我們，是非常非常有理想、有抱負的，」I說。

我知道I曾立志於從事報導文學的創作。在研究所那三年，她常寄來厚厚的信件，裡面是長期收集的、關於台灣歷史或人文方面的各種資料，附上新撰的報導，與我分享她的心得。I的文字是很有感情的那一種，她喜歡到鄉下去觀察各式各樣的寺廟，傍晚廟前方場上乘涼的老人和嬉耍的小孩，寺廟本身建築的形式，楹上的對聯，以及其所代表的文化意涵；當她在報導中描述並分析早期泉州與漳州移民在台灣歷史發展過程中扮演的角色時，我可以感受到她對於台灣本土文化現象的意見和關懷。有很長的一段時間，I的研究重心轉移到原住民祭奠儀式中死亡意象的呈現手法，於是她的信中便充滿了各種山地神話與傳說，以及從花蓮、台東、甚至蘭嶼所寄來的照片和複印資料。三天兩頭信箱中總是出現巨大的牛皮紙袋，我不得不在房間地板上闢出一塊空間來放置它們。

「我開始寫作，嘗試用一種文學的、感性的手法，寫下我對這塊土地的感覺，這可以說是我生命中的一大轉捩點。」從蘭嶼回來後，I在信上這樣寫。「在那一片海闊天空之下，我感受著另一種完全不同的世界與文化，土地與人民，也嘗試著將它和我所慣於生活的這個社會互相比較。（當然這樣說是過份了些，我們之間其實沒有多少差別。）——至今我仍記得那個美麗的小島，以及回到台北的第一晚，飛馳在高速公路上驚見窗外的黑暗深沉。原來我居住在一片黑暗之中啊！這城市的擁擠吵鬧，快要滿溢出來的人群和建築，攪成一團麵糊般的交通，比空氣密度更大的垃圾。這些人是台灣人嗎？這裡是台灣嗎？」

研究所即將畢業的那年夏天，Ｉ開始準備出國，但仍是動不動就丟幾張密密麻麻的信紙來，讓我看得十分辛苦。平凡的我並不是很能了解Ｉ的內心世界，在那隨時能激動的情感背後，究竟埋藏著什麼樣的一種嚮往，對於人群以及她自己的。我想，對於Ｉ而言，我應該是一面鏡子，照見她各式各樣的心靈波動。

○

突然間，從湖底閃出一束雷射，直直地穿越了陰暗的天穹，擴音器中傳出熟悉的「幻想曲」，湖心的小島上也亮起了七彩燈光。白天還行駛著大輪船與小木筏的水面，噴灑出一面巨大而清澈的水幕，在夜風中微微擺盪，揚起漫天的迷濛霧氣；湖邊的人群被水氣浸得淋漓不堪，然而每個人都沉迷在這如夢似幻的瑰麗氣氛中，不說一句話。我把照相機舉到眼前，又忍不住放下來。

米奇鼠出現在半空中向大家問好，引起一陣瘋狂歡呼，兩列卡通人物接著從乾冰和煙火中走出來，隨著音樂手舞足蹈，大唱卡通歌曲，綵帶和白手套不斷飛揚，看花了人的眼。米奇鼠握著發光的指揮棒由左至右劃了一道彩虹，於是整個湖面都亮了起來，一朵鮮艷欲滴的粉紅玫瑰出現在透明的空氣中，隨著鼓動的水幕閃爍。我們看到蜂蝶和星辰共舞，草菇們互相禮頌，枯樹開出了鈴羅花，小鹿和野兔在原野上奔馳；海浪掀起一片又一片，打在我們身上，那透人的涼意中溫潤著一股暖氣，把我們的心從胸膛中勾引出來。

想像！米奇鼠說，想像使這世界更美好，讓你忘記所有的煩惱憂愁，脫離現實控制，自由自在地飛翔，有夢想就有希望。湖面的一切都活起來了，空氣中飄浮著笑聲與驚嘆，不斷閃動的影像猶如一株小草纏繞成長變換而為擎天巨樹；陽光從葉間透射下來，映在臉上有暖暖的麻癢感覺，你在樹下睡一場好覺，夢見許多精靈帶你到林間，參與一場又一場的饗宴，你盡情地旋舞搖擺，心中充滿愉悅，你在草地上打滾，看小小的蚱蜢如何像音符般蹦跳。下雨了，你伸出舌頭輕嚐水滴，享受這豐潤的甜蜜，然而雨雲很快地散去，天空又轉為晴藍，你睜開眼睛，在雲間看見一隻海鷗。

海鷗從夢中飛出來，拍拍翅膀停在你手上，圓圓的大眼中儘是笑意。想像！牠說，想像讓你快樂。

三

I突然轉學到西雅圖的時候，在台灣的我，正面臨工作上的一項重大挫折。上司安排我參加公司裡的一項升等考試，因為他們對我幾年來的業務表現十分滿意，然而不知是一時運氣欠佳，或是太過自得意滿而掉以輕心，我竟然沒能通過那個極為簡單的測驗。

我並沒有告訴I，這個失敗對我的打擊。I一向樂觀而自信，幾年來我默默地感受她的喜怒哀樂，已經學會了盡量不讓各種情緒影響自己，希望能像她一樣，永遠向著目標前進，永遠願意一再嘗試，相信自己絕對可以成功。然而這次失敗卻讓我徹底消沉了好一陣子，在開始懷疑自己究竟有沒有勇氣和能力再來一次，甚至灰心喪志、否定一切之後不久，我乾脆辭掉了工作，躲在家裡過著一種暗無天日的生活。相對於I的勇往直前，我像一隻烏龜深深縮進自己的殼中，那段時間中我一封信也沒有寫給她，不管她頻頻寄信來探問原因。在我心中，有意與無意之間，I成為一個絕大的壓力。

重新找到工作很久之後，我才了解到自己在I心目中，其實也是一種壓力。我們差不多同時跌倒，然而一向樂觀的I，卻需要更長久決絕的方式來療傷。

「我一直沒有告訴妳轉學的原因，事實上我也不知道怎麼說。妳知道我一直對台灣問題很感興趣，到了美國之後，這個問題已經擴大到整個中國，以及我們這一代的中國人。我以為自己應該有責任去了解、去關心，並且用手中的這枝筆加以表達，就像那些身在海外，但心中始終懷抱中國的留學生作家一樣。然而不知道從什麼時候開始，我筆下的東西都是灰暗的、夢幻的、帶有死亡色彩的，或者是一種暗藏的、自以為深刻的悲傷與陰沉；我不否認自己的文字技巧很不錯，但是在結構和精神方面，卻令人失望得一塌糊塗。

「在美國這個大熔爐，尤其是加州這個實現夢想、卻也毀滅夢想的地方，我接觸到各式各樣的風景與人物，吸引我的是前者，而打擊我的卻往往是後者。功課並不是最困難的部分，令我不能適應的是生活，我不知道自己應該往哪裡走，留下來或是回台灣；我想我對於生命已經很厭倦了，從前那些美好的理想和目標，都逐漸在消逝之中。

「我不知道為什麼要把自己弄得這麼累，總想像自己是一個頂天立地的人，可以去承擔一切責任。在別人的土地上生活已經不容易了，卻還要一再提醒自己，我是一個離家在外的人，一定要學會面對現實。

「西雅圖的生活單純而寂寞，至少沒什麼壓力，因為沒有動力。我已經很久沒有寫東西了，日子就這樣地過去。——我真羨慕妳。」

○

長長的羽翼生出觸鬚，醜惡而詭密地糾結著，一度澄澈的眼睛變得混濁，嘹亮鳴聲也變成邪惡的低號。海鷗在水幕上化成一個黑色的惡魔，籠罩了半個天空，女巫現身作法，整個湖面陷在風暴中，閃電和大雷交替，所有快樂的卡通人物都不見了。惡魔狂笑著：想像？且看看「我的」想像吧！

水幕突然擴大，人群在風雨中瑟縮，黑色迷霧中出現一條巨龍，眼中熊熊的雷射光掃過整個湖面，驚起人群一陣尖叫。巨龍仰起頭怒吼著，口中噴出火焰，女巫喃喃念著咒語，在大鐵鍋裡攪拌不知名的草葉，電光四起，黑色的濃煙密佈，瘋狂的巨龍在湖面穿梭，惡魔在水幕上張牙舞爪。暴風雨越來越激烈，海浪滔天，陸地一寸寸沉沒，黑暗慢慢地侵蝕著整個小島。巨龍再度噴火，整個湖面轟地一聲燃燒起來。

米奇鼠在漫天火光與水花之間力圖振作，手中一度閃亮的指揮棒此刻已暗淡無光，消失在雲霧之中。眼看情勢越來越危急，米奇鼠大聲怒吼，雙手一揮，兩道煙火從湖中噴出，驅散了籠罩著的黑暗，那支指揮棒神奇地再度出現，一束又一束雷射閃出，女巫慘叫逃躲，整個湖面越來越亮，照得惡魔無所遁形。米奇鼠用力一指，一束雷射擊中巨龍，爆炸聲響遍天地，小島隱沒在煙火之中，水幕漸漸縮小，惡魔怒吼著消失，女巫不斷嘶叫，終於也消失在雷射光束下，看不見了。湖面上瀰漫著嗆鼻的煙火味，人群濕成一片。

四

「我彷彿不曾來過，不曾住下來過的北西北。在最沉鬱的時刻，早到的黃昏佈落起伏的丘陵景觀上，然而在遠山以外，半弧形的一片明亮，北極的反光永遠存在。甚至當你枯坐良久，細雨以雪底姿勢飄落，那一片光明仍然存在，透過濛濛的暮色體認它。彷彿不曾來過，如今終於來了。

「在一段乾冷的日子結束而霪雨尚未到來的節候，當我們等著，期待著友人的聖誕卡片，冬雨剛開始飄零的時候，我聽到一些消息。磋商，火把，演講，衝突，逮捕。在西雅圖的子夜，對著遠山以外明亮的北極光，如此思索著，一些消息，從來未曾有過的失望感覺，眼淚不能抑止地，湧落等候和期待的面容。比雨水更衰弱，比雪還寒冷的淚。」

由於新工作的關係，我並沒有按照原定計畫遊遍新大陸，而是在兩個星期後直接回到台灣，面對業務方面各式各樣的挑戰。能夠再次出發，給了我一種從未有過的勇氣，似乎自己終於能夠脫離長久以來甘於平凡淡泊的心態，肯定自己也有著與眾不同之處，能夠向那些從來不敢夢想的目標邁進。我開始變得開朗快樂，對於生活中逐漸增加的壓力，也學會了處之泰然。更重要的是，我不再羨慕 I，我有我自己的世界，以及理想。

　　然而這個自我認識絲毫不影響我與 I 的感情，我們為了彼此再出發的決定，不斷地鼓勵對方。在積極地為 I 尋找新工作、查考新房子的同時，我不斷接到她的信，描述她如何在最短的時間內結束學業，調整自己的心態，準備回到台灣重新開始她的報導文學事業。我很高興她能振作起來。

　　離開西雅圖的前一天，I 帶我到她很喜歡的一處海灘去看海，我們坐在長長的木椅上喝檸檬汁，看著五彩繽紛的遊客們四處穿梭，湛藍的水波在風中盪漾。我突然覺得，這一切就像是電影「流金歲月」中的場景，張曼玉和鍾楚紅在多少年之後再度相聚，兩人戴著太陽眼鏡，看世俗間的男男女女、愛恨情仇在眼前掠過，臉上的神色恬然。

　　I 聽了我的描述後哈哈大笑，我也不禁笑了起來。海風徐徐，陽光暖暖地照在身上，在那樣看起來無憂無慮的風景之中，一切似乎又回到大學時代，年輕的我們在夜晚的校園中散步聊天，分享宵夜和歡笑，當然還有內心深處不知名的秘密與感傷。

　　過去並沒有過去，I 輕輕地說，它只是消失得無影無蹤，躲在我們看不見的地方罷了；生活就像流沙，每個人都逐漸陷進去、陷進去，終於淹沒在窒人的沙粒之中，掙扎也於事無補，只有默默接受。我想 I 已經學會接受自己的平凡，像我當年一樣，而我正朝著她當年的路途行去，尋找著自己的方向。這樣的一種轉變，豈是當年的我們所能預料或想像。

　　我在書店中找到了 I 信上提到的那本，楊牧的散文集，趁著工作休息時間拿出來慢慢細讀，不管同事拼命鼓吹公司隔壁那間餐廳的麻辣火鍋如何美味。在人潮洶湧的台北，I 筆下擁擠吵鬧、麵糊一般的都市角落，西雅圖的北極光取代了單調的日光燈，細雨悄悄地落下，我彷彿看到 I 一個人靜靜地整理行囊，把書籍分批寄回台灣，只留下了那幅「長江」隨身帶回。I 坐在午夜的飛機上，看著窗外彷彿凝止不動的一片黑暗，想寫下這一切又一切，又不知道應該從何說起。而我在地球的另一端，陽光之下輕輕闔上書頁，不禁想像起幾年後的我們，又該是什麼樣的一種心情？

「彷彿不曾來過，我的北西北，如今終於來了。雪在兩個時辰內積壓近尺。夜間開燈凝望它飄落的姿勢，衰弱可憐的淚，風像嘆息，偶爾飄過院子，吹亂它無奈的飄零的姿勢。幽明的光影中閃爍著一些字跡，磋商火把演講衝突逮捕。雪仍在落，以淚的姿勢飄落。」

○

看過鬼屋中各式各樣飄蕩的靈魂後，我們回到湖邊，正好趕上最後一場雷射水幕電影的結尾，夜空被燦爛的煙火照耀得如同白晝一樣，雷射投映出千變萬化的壯麗圖案，人群不斷發出驚嘆聲，我們也不禁陶醉在這熱烈的氣氛中。湖面上再度出現歌唱舞蹈的樂手，這回是各種卡通主題曲，輕輕飄盪的木筏上只見王子和公主、美女與野獸翩翩迴旋，米奇鼠揮動指揮棒，大家便一起唱了起來：想像使世界美好，想像讓你超越現實，永遠懷抱希望。激射的煙火光芒在每個人的眼中閃爍，相信今晚必定會有個美麗而精彩的好夢。

散場時我又回頭看了一眼，陰暗的湖面上只剩下陣陣煙霧，小島四周出現維修工人和技師，忙著將各種道具和器材回歸原位，準備下週再次演出。一個影子從黑暗中升起，原來是細細長長的機械臂，頂端舉著巨大的鐵架和探照燈——原來瘋狂的巨龍只是一支桿子頂起來的大頭罷了，朋友很失望地說。

我們看著舞台隱沒，轟然倒在水中的高台再度升起，像是電影倒帶一樣，小島又恢復了平靜。大輪船緩緩從湖的另一端移出，回到白天的位置，工作人員隱隱的叫喊聲不斷越過湖面傳來。

我們離開的時候，已經是午夜十二點了，廣場上的燈光一盞盞熄滅，歡笑聲隨著人群逐漸消逝，偌大的狄斯奈樂園此刻已是一片死寂的空城，而明天一早，來自世界各地的遊客又將點燃它的生命，熱鬧繁華永遠不會消失，它只是休息一下罷了。朋友和我在寒冷的夜風中簌簌發抖，等不及要回到旅館補充睡眠，在我們身後，遠遠的停車場空蕩蕩的，好像從來沒有過遊客光臨一樣。

《蒲公英水手》

抖，等不及要回到旅館補充睡眠，在我們身後，遠遠的停車場空蕩蕩的，好像從來沒有過遊客光臨一樣。

反抗者

○

　　我從一間商店裡走出來，迅速穿過馬路，又進入另一家商店，讓自己消失在人群中，希望這樣一種詭密的行蹤，可以擺脫他們。

　　他們從一開始就盯上我了，當他們發現我原來不只是一個大學教授的時候。這幾天我不斷發現住家和學校附近，時常有可疑的孩童們出沒，他們像正常的孩子們一樣天真活潑，互相追逐著玩遊戲，大聲喊叫。可是如果你仔細看看他們的臉，他們的眼睛，你會發現一種不應該屬於他們年紀的早熟、世故、懷疑與淡漠，好像活了幾個世紀之久的老人似的。於是，我知道，他們已經開始懷疑我了。

　　我很害怕。

一

　　生活在這個城市裡的大多數人們，並沒有了解到我們的家園早已被佔領並且改造的事實，如果你在他們面前提到這件事，他們反而會認為你是個無可救藥的瘋子。

　　這正是我們需要偽裝自己身份的原因，我們每一個人都有一個假的身份，幫助我們散播反抗思想，進行反抗活動，卻又不至於引起一般大眾的懷疑，而我們看起來平凡無奇的生活也是假的，只為了不被他們發現。

　　一旦被發現，代價就是被消滅。

　　沒有人知道他們是什麼時候佔領這個城市的，也沒有人知道，他們究竟是以一種什麼樣奇特的方式徹底改造了這個城市，以及人心。

　　最早發現他們的人，是我們的領導者，一個看起來總是被生活壓得喘不過氣來的職業婦女，她在政府人口統計部門上班的時候，無意中發現這個城市的孩童人數，在過去三年來增加了七倍，天真活潑、可愛動人的孩童，充斥在城市的每一個角落。在她不斷的追蹤調查之下，一個巨大陰謀終於慢慢地被揭露，而我們這個組織也隨之誕生，只為了反抗他們。

而誰又會去懷疑一個可愛的孩子呢？我的鄰居有三個小孩，分別是五歲、七歲和十歲，他們每日每夜的嬉戲打鬧弄得我幾乎發瘋，然而我知道那是他們改造人心、刺探並且毀滅我們的途徑之一。他們的父母，我慈祥和藹但卻無知得一塌糊塗的鄰居們，並了解他們的孩子其實並不是普通的小孩，而是陰謀打算淪陷這個城市的終結者，每當他們在我面前樂不可支地稱讚孩子們多麼乖巧伶俐的時候，我心中對他們只有憐憫和同情。無知的人們啊，他們並不知道自己其實只是這些侵略者的奴隸！

我看著這些孩子玩耍，心中的恐懼不斷滋長著，而我知道，他們知道我並不是一個普通人，而是一個反抗者，我從他們看我的眼神中可以察覺這一點。他們在我面前是乖巧而安靜的，當他們的父母帶他們來拜訪我，說是非常仰慕我做為一個大學教授的學問，希望我有空可以指點一下他們的課業的時候，這些年輕卻怪異的孩子在我面前坐著，互相竊竊私語，禮貌卻簡短地回答著我客氣的問題。然而每當我轉身，沒有在看著他們的時候，我可以感覺到他們的目光在我臉上、身上或背上遊走，試圖證明我究竟是不是一個反抗者。每當我們的目光相遇，從他們躲躲閃閃的眼神中，我看到一絲了解，以及威脅，他們似乎在告訴我：「我們知道你是反抗者之一，現在沒有證據，但是我們遲早要揭發你假冒的身份，到時候你只有被消滅。」我們就像貓和老鼠一樣玩著躲迷藏的遊戲。

而他們無知的父母，像這個城市裡大多數的人們一樣，沾沾自喜於這些孩子將會創造的光明榮耀的未來。可是我知道，只有我們這些反抗者知道，這個城市將要大禍臨頭了。

○

　　我從清早超級市場擁擠的人群中脫身出來的時候，以為自己已經成功地擺脫他們的追蹤了，然而在經過一個十字路口的時候，我卻驚訝地從眼角瞥見兩個小孩的身影。

　　女孩大約八歲，穿著可愛粉紅色的裙裝，閃亮的黑髮上繫了兩個蝴蝶結，臉上有雀斑和逗人的小酒渦；男孩則年紀又小一些，大約是五、六歲的樣子，個子也矮得多，像個小演奏家似的穿著白襯衫、黑短褲、白色長統襪和黑皮鞋，領口是一個紅色的大領結。他們看起來絕對像是好人家的小孩，有良好的教育薰陶，禮貌的言行舉止，沒有一個大人不喜歡拍拍他們的頭，問他們究竟是比較愛爸爸還是媽媽。然而我知道，他們是被派來跟蹤我的，他們出現在這裡而非學校或其他場所的唯一原因，究是為了揭發我的身份。

　　我很害怕，但是害怕不可以是我的反應，因為那正是他們用來揭發我們這些反抗者身份的方法。我必須假裝是一個普通人，一個有知識有地位的大學教授，一個打從心裡喜愛並且願意親近孩子們的人，一個大人。沒有一個大人不喜歡孩子們，不是嗎？我記得自己做小孩的時候，最討厭的就是大人們的拍拍摸摸、摟摟抱抱，只因為我是個小孩，所以喪失了所有抗拒的能力，而任由大人們塑造培養，像實驗室裡的動植物一樣。那些可惡的大人們以為自己是打從心裡喜愛並且願意親近我們這些小孩子，然而當年還是個小孩的我，對他們只有痛恨，直到長大以後，我的這種心態才慢慢被調整過來。

　　現在我是個大人了，懂得去分辨真正的小孩和他們之間究竟有什麼不同，因為我自己曾經是個真正的小孩。而我知道，這兩個跟蹤我的孩子是假的，他們是他們。

　　我在書報攤買了一份日報，鑽到地面下去坐大眾捷運，前前後後換了三次車廂、四次座位，離開捷運車站之後又去逛書店，回到地上，坐在咖啡廳喝咖啡，假裝批改學生們的考卷或是準備授課大綱，但是所有的這些舉動都沒有辦法擺脫這兩個小孩的跟蹤。他們有禮貌地坐在我附近，或是站在幾公尺以外的街角，偶爾有幾個老太太向他們微笑，親切地問他們幾歲了、父母在做什麼等無聊的問題，我可以聽見他們清脆的童音回答著、笑著，逗大人們開心。然而，令我不由自主顫抖的是，每次我抬起頭看看他們是否還在跟蹤我的時候，都可以看到他們在盯著我瞧，尤其是那個小女孩，她無邪但冷漠的臉上是一抹警覺的笑容，眼中有著狡獪的威脅，她只是那樣冷冷地、直直地看著我，像一隻貓看著牠掌下不斷掙扎扭動的老鼠　樣，因為勢在必行而有著洋洋自得的意味。而那個小男孩，看起來因為年紀太小而什麼都不懂，可是我知道他是一個副手，配合小女孩的行動而對我進行監視，我從他不斷偷偷低聲和小女孩交談的行為中可以看出這一點。

　　我心中十分害怕，然而我強迫自己露出微笑，像一般人看見孩子們嬉戲玩耍時的反應一樣，對他們笑笑，眨眨眼睛，甚至揮揮手，表示我知道他們的存在。每當碰到這種時候，他們的臉上會出現一絲困惑的神情，似乎在懷疑自己是不是弄錯了目標，我究竟是一個普通的大人，還是一個偽裝良好的反抗者。小男孩有些不知所措，拉緊了小女孩的手，躲在她背後偷窺著我，看起來簡直就像是一個看到陌生人會緊張害羞的正常小孩，可是我知道他不是。而小女孩，儘管立場有些動搖，卻有著一般正常小孩絕對不會有的堅決與肯定，她毫不畏懼地回看我，冷冷的目光直射進我的眼底、心中，我知道她在還沒有辦法徹底確定我真正的身份之前，是絕對不會放棄對我的跟蹤的。他們和我之間的距離甚至越來越近，我知道他們希望這樣的緊迫盯人可以讓我緊張，因為慌張而露出馬腳，他們就可以因此而逮到我，把我消滅，就像他們對許多其他的反抗者所採取的行動一樣。

　　我告訴自己絕對不可以害怕，要放輕鬆，放輕鬆。我吹著口哨，臂下夾著公事包和報紙，手裡端著尚未喝完的咖啡，悠哉悠哉地穿過馬路，走進我任教的大學校門，假裝一個新的、美好的一天再度開展在眼前，而我只是一個普通人，和這城市中其他千千萬萬的居民並沒有什麼不同。我甚至揮手向一些真正的小孩打招呼。

　　然而，我知道，在我身後，那兩個小孩也走進了校門。他們還沒有放棄。

二

　　即使是我們這些反抗者，有時候也不禁自問，這樣的一種堅決反抗究竟有沒有價值，能夠產生多大的效果。我們每個人心中都有潛在的恐懼，害怕失去自己擁有的一切，害怕被取代，害怕自己有一天無可避免地消失在這個社會之中。我們之所以反抗他們的原因，究竟是因為害怕自我權力的喪失，還是害怕被改變，抑或是害怕未來的降臨？我不知道。我只知道我們必須反抗，因為他們正一步一步地侵蝕並毀滅著我們的生活。

　　他們和我們不一樣，他們是外來者，是和我們完全不同的另一種人。在組織成立之後，我們之中的某些人致力於研究防止我們被他們消滅的方法，另外的人則努力散播反抗思想，吸收新的反抗者，以及維持和加強已經存在的反抗行動。一個可悲的事實是，在避免被他們消滅之餘，我們並不知道究竟應該如何消滅他們，然而每星期在組織的聚會中，我們卻痛心而沉默地發現，越來越多的反抗者已經被他們消滅，從此在這個社會上無影無蹤。他們正在一天一天地壯大，我們卻毫無還手之力。我們生活在巨大的恐懼之中，因為自己隨時可能成為下一個犧牲者，而我們甚至無法和任何人討論這種恐懼，因為沒有人有能力同時承擔自己和別人的恐懼。

　　我們害怕，然而我們必須假裝不害怕。我們反抗，然而我們必須假裝自己是這個社會中和一般人一樣的、完完全全的普通人，對他們的存在一無所知。我們必須反抗自我心中的恐懼，否則我們必然會被消滅。我們每天戴著面具在生活，用不屬於自己的身份，過著不應該是自己的日子，然而我們心中神聖的使命感告訴我們，我們是為了保護自己而打這場艱難無比的聖戰，這樣的想法帶給我們榮耀和勇氣，使我們堅強。

雖然我們都知道要求勝利幾乎是不可能的一件事。

○

上完了兩堂課，我找到一個空無一人的樓梯間，跌坐在地板上，用報紙蓋住自己的臉。那是多麼可怕的兩堂課啊！我站在那裡對全班講課，那兩個小孩就倚在窗口，一副全神貫注想要多了解一些關於大人的世界的神情，而我在他們直直注視著我的眼中，只看到試探與威脅，以及嘲笑。

總有好幾次，在講課的過程中，我很想要求一個或兩個我的學生把他們帶走，但是我知道我不能，因為這些年輕人對四周任何孩童的存在，以及他們假裝出來的仰慕的目光，只會感到自鳴得意，並且因為這些孩子居然能夠如此安靜而溫文有禮地旁聽我的課，進而嘲笑我這個中年教授對於區區兩個小孩的存在竟然那麼緊張而無法容忍。有時候我忍不住懷疑，他們是不是在孩童的身份之外，已經發展出偽裝成年輕人的技術，可以更容易地進行他們對這個城市的侵略與改造，然而這樣的想法只會讓我因為極度的恐懼而崩潰，因為我無法強迫自己面對更多敵人的存在。

我坐在那裡，手裡象徵式地舉著兩張報紙，午後的陽光在地板上反射出白色光芒，四周一片寂靜。我很高興自己能找到這樣一個避難的地方，因為只有在這裡，我可以真正感覺到自我確切的存在，可以不用隱藏心中的恐懼，不用假裝自己是另外一個人。只有在這裡，我可以面對甚至承認我們反抗者在這個社會中已經變得越來越孤立的事實，因為他們要改造年輕人，自然要比改造我們這些中年人要容易得多，而我甚至不敢想像他們是如何對付那些比我們年紀還要大的老年人？不久之前我才參加了一位長輩的喪禮，在莊嚴肅穆的鮮花、音樂和各種奇特冗長的宗教儀式之中，我看見這位長輩七歲的小孫子對我扮鬼臉，他指指棺材，再指指我，做了一個雙手捧住心臟、臉上表情痛苦不堪的姿勢，似乎預言了我在不久之後也會被消滅的事實。我是逃著離開那個喪禮的。

　　我不知道自己應該怎麼辦，除了假裝一切正常之外，我不知道應該如何擺脫他們派來的這兩個跟蹤者。除了我們反抗者之外，誰會來幫我對付兩個小孩呢？而即使這附近有別的反抗者存在，對我又能造成什麼幫助？當初加入這個組織的時候，我們每一個人都發過誓要保持沉默，即使被消滅，也不能暴露別的反抗者的身份。我曾經眼看著一個反抗者被消滅，而漠然不動聲色地藏身在圍觀的人群中，假裝自己只是一場意外的目擊者。而我也很清楚地知道，如果有一天我因為身份暴露而被他們消滅，別的反抗者同樣也只會在他們心中默默地為我哀悼，因為他們無法面對恐懼。

　　正當我想著這一切而暗自嘆息我們這些反抗者自始至終必須完全孤立的命運的時候，一陣從樓梯角落傳來的輕輕的腳步聲，使我因為恐懼而全身汗毛豎立。我提高了警覺。這些腳步聲聽起來完全是兩個小孩走路的聲音，他們很小心地不發出一般小孩子應該有的嘻笑追逐聲，然而我知道，如果我對任何人指出這一點而試圖證明他們不是普通的孩童，我只會被嘲笑，因為任何人都可以說，這兩個孩子若不是有著良好的家教，知道不可以發出任何干擾別人的噪音，就是因為這個陌生的學術環境使他們小小的單純的心靈變得拘謹起來。我等待著他們的出現。

　　他們出現在我眼前，兩個小孩緊握彼此的雙手，沉默地站在我面前。我看著他們冷漠稚嫩的臉孔，心中揣測著自己應該採取什麼樣的行動，一個普通的大人在這樣的情況下，會有什麼樣的反應？拍拍他們的頭？趕他們走？

　　「叔叔，我們可以和你一起玩嗎？」

　　小女孩的聲音清脆可愛，然而在她的臉上只有一片淡漠和僵硬，眼中則出現殺機，似乎她並不習慣這樣一種偽裝的身份，不知道在問出這句話的同時，她看起來應該是熱切而充滿渴望的，就像我自己做小孩時要求大人們和我一起玩的表情一樣。小男孩機警地看著我，雙手負在身後，像一個乖小孩。

　　我強迫自己微笑，舉舉手上的報紙，試圖禮貌地拒絕他們。「不行哪，孩子們，叔叔正在這裡偷懶看報紙，很忙耶！」我可以感覺到自己甜蜜的聲音中有一絲緊張。

他們沉默地看著我，我知道，他們正在考量我的表現，試圖分辨我究竟是不是一個反抗者。他們小小的腦袋是不是正在計算我死亡的機率有多大？我很害怕，因為他們要消滅我是如此地容易，僅僅一眨眼的工夫，我可能就會成為別人眼中心臟病發作而暴斃的中年人。他們將會嘆息於我的英年早逝，同時自我警惕平時要多注重飲食均衡並定期做身體健康檢查。我不知道在那些科學家的統計數字中，有多少這樣「因重大疾病而死亡」的人，是我們這些被消滅的反抗者？

出乎我的意料，他們很有禮貌地向我鞠躬，為打擾了我這個大人而道歉，然後繞過我的背後而離去。我聽著他們的腳步聲漸行漸遠，不敢相信自己居然這麼幸運，也許我真的擺脫他們了。我稍稍放下手上的報紙。

突然間，一個重量壓在我的背上，一雙小小的、白嫩的手臂繞過我的脖子，掛在我的胸前，我被驚嚇得完全停止了呼吸。兩個熱切的聲音在我耳邊喊著：「叔叔，陪我們玩嘛！陪我們玩一下下就好嘛！拜託啦！」原來他們並沒有離開！原來他們還是逮到了我！我馬上就要被消滅了！我可以感覺到自己的心臟開始抽痛，救命！救命！

我試圖擺脫小女孩緊緊纏繞我脖子的雙手，但是它們是那麼緊，那麼冰冷有力，讓我難以呼吸。我幾乎可以聽到他們微微的冷笑聲，感覺在他們稚嫩年輕的臉上是一抹得意自滿的笑容，因為又一個反抗者即將被他們消滅。然而我不能認輸，絕對不能。我掙扎了幾分鐘，然後放棄，假裝自己只是一個拗不過他們這些搗蛋小鬼的無辜大人。

「好吧，隨便你們要怎麼玩就怎麼玩好了。」

他們因為驚訝而失望、退縮了，反抗者不應該有這樣的反應，難道他只是一個普通的大人？我可以感覺到他們的困惑。小女孩纏在我脖子上的手臂放鬆了，我可以聽見她回頭對小男孩說：「我知道他在那裡，就在那層偽裝之下，可是我無法把他逮出來？」小男孩發出不應該出自一個小孩口中的可怕嘆息聲，樓梯間在那一瞬間突然顯得陰暗起來。

他們離開了，我撐持了兩秒鐘，終於崩潰在地板上。

三

正如我們的領導者所說的，做為一個反抗者的悲哀，就在於我們必須獨立承擔自己的命運，並且對自己最終的下場感到無可奈何。我們每個人都知道開展在眼前的是什麼樣的一條路，然而我們一面蹣跚前進，一面努力掙扎，我們自問為什麼要遭到如此的待遇，卻始終找不到答案，我們試圖改變自己的方向，卻發現一切早已被他們決定。我們唯一所能做的，只有服從，以及生存。

也許我們要反抗的只是這種虛假的感覺，這層永遠覆蓋在我們臉上的面具，讓我們不知道自己究竟是誰。而我們和他們之間又有什麼不同？我們都是假的，而他們之所以能消滅我們並且佔盡一切優勢的原因，也許就在於他們可以理直氣壯地承認自己只是一種不同於我們的生物，可以正大光明地進行他們所計畫的所有活動，而我們卻必須不斷否認自己的存在，甚至必須否認自己？他們和我們都是戴了面具的生物，然而假象是他們的真理，是他們生存的工具、理由和途徑，我們卻在否認假象的同時，連自己的真理也一併否定掉了。

也許這就是我們終究會被消滅的真正原因？在終於明白自己原來並不能擁有或依恃任何一種真理的時候，因為無法承認自己的無能而再也不願意活下去？

反抗是一個嚴肅的課題，儘管大多數人並不了解我們反抗者悲劇性的高貴。我們的悲劇在於我們永遠無法面對並戰勝自己的命運，在面對外來的侵略與改造的時候，無法真正地與之對抗，因為我們不知道自己究竟是什麼，擁有什麼，更無法和自己對抗。然而我們之所以高貴，在於我們在這種對外界與內在一概無知的狀況下，還能夠堅強地活下去，並且以為自己肩負著崇高的使命，為了延續自我這種莫名其妙而又無可奈何的存在而努力，認真地試圖反抗自己。我們是嚴肅的，因為我們實在笑不出來，卻又不願意哭。

然而我們絕對要反抗，因為他們正在一步一步地逼近，像小孩子一樣天真地微笑著，以為他們可以完全取代我們。我們寧願被消滅，也不願意接受他們的改造。我們寧願永遠戴著這層偽裝的面具，過著這種虛假的生活，也不願意承認並接受真實的自己。

○

傍晚終於來臨的時候，我從藏身的人群之中出現，來到我們每星期聚會一次的場所。在好不容易擺脫他們的跟蹤之後，我又餓又累，心頭卻忍不住有一絲自滿與得意，因為我知道，從來沒有幾個反抗者可以真正擺脫他們。而我做到了，我成功地隱藏住自己的恐懼，運用我偽裝的大人的身份，解除了他們對我的威脅。我是一個成功的反抗者。

我準備將自己這次的活動心得報告給領導者知道，或許這樣一種小小的成就，可以提供給其他的反抗者做為參考。我走進聚會場所的大門，看到許多我所熟識的反抗者的面孔依然存在，我不爭氣的眼眶開始發熱，我要好好地和這些殘存的反抗者們聚一聚，因為我們都不知道下一次還有沒有機會。我看見領導者已經準備好我們的晚餐了，我端起桌上排列著的許多杯葡萄酒之一，手裡又抓了一把爆米花，我見端坐著的人群中有一個靠近演講台的空位，我朝著其他的反抗者走去，我要叫出他們的假名，並且用力拍他們的肩膀，不管手中的食物或飲料會不會灑在他們身上。

然而就在這一刻，一群小孩安安靜靜地走進來，後面跟著他們的父母親。

是他們，我知道是他們。原來我終究沒有擺脫他們，原來他們還是跟蹤著我，並且因此而發現了我們的秘密聚會場所。原來我是出賣整個組織的叛徒！原來我，還有我們，在自以為擺脫了他們而沾沾自喜的同時，並沒有發現到他們的魔掌還是籠罩著我，以及我們。

所有的反抗者都沉默了，我們看著彼此的眼睛，試圖掩飾心中的無比恐懼，假裝我們只是一群下班後無所事事而聚在一起談天說地的成年人，因為一群小孩突然湧入這個原本應該是屬於大人們的聚會場所而驚訝。這些小孩是嚴肅而安靜的，他們清澈冷漠的眼睛一個又一個地看著我們，卻沒有發出一點聲音，因為他們知道我們已經發現他們的存在而感覺到恐懼卻正在試圖掩飾，而他們更知道，他們和我們都知道我們這次再也逃不掉了。

這些孩子的父母親聚在一起，東一堆西一堆，討論彼此子女的課業、玩具和長相，他們高亢而歡樂的交談哄笑聲，聽在我們這些沉默的反抗者耳中，只是一種諷刺。原來被改造之後，我們可以變得那樣愚蠢而無知地單純與快樂，我幾乎要羨慕起他們來。我們這些反抗者的命運為什麼這樣悲苦？難道我們必須永遠這麼複雜而嚴肅嗎？我想起自己做小孩的時候，一切愛恨喜怒都是那麼簡單，不需要任何特別的原因，我們唯一所要做的就是活出真正簡單的自己，我們不必複雜，更不必嚴肅。也許這就是他們終究會勝利並且盡數消滅我們的原因？也許我們終將要失敗，只因為我們放棄了做小孩的身份而寧願使自己變成大人，開始偽裝，開始戴上面具做個不是自己的自己，而在這同時我們心中又不甘心於這樣的一種進化，進而自以為充滿高貴的悲劇性地開始反抗我們自己曾經做過的這一切選擇？也許我們選擇了反抗，所以我們終究要失敗？

沒有人可以回答我。我低頭看著自己手中的葡萄酒和爆米花，覺得一切都大勢已去。我們終究是失敗了。

我們的領導者挺身站出來了。做為一個被生活壓得喘不過氣來的職業婦女，在一整天城市的忙碌之後，她看起來既憔悴又蒼老。穿過沉默的孩童以及他們喧嘩的父母親，在我們這些反抗者的注視之下，我們的領導者走上演講台，她舉起手中的葡萄酒，向我們大家致敬，同時鎮定地開始說話。她的安詳的聲音在我們耳邊迴響。

「做為反抗者的領袖，我要求你們保持沉默。」

她把那杯葡萄酒倒在桌上整盆的爆米花之中，一顆一顆雪白的爆米花於是浸泡在血紅的液體之中而軟化，幾個站在孩子身後的父母親發出驚訝的嘆息聲，似乎在奇怪她怎麼會捨得糟塌如此美妙的食物。她仰頭飲盡杯中剩餘的葡萄酒，透明的空玻璃杯反射燈光，在一剎那中閃眩了我的眼。我在這瞬間眩目的光亮中看到我們的領導者安靜地倒了下去，就在演講台上，她的身體慢慢軟化萎縮，雙手抓住胸口，眼睛圓睜，臉孔變得通紅，大滴的汗水落在演講台上。我看到她的平靜的表情，心頭不禁一陣抽痛，又一個成年人因為心臟病發作而暴斃在我們眼前，而我和我們這些反抗者都知道，究竟是誰消滅了她。我轉頭看著其他的反抗者，他們也看著我，我們都保持沉默，一句話也不說，因為那是我們實現對領導者以及對我們自己最忠貞的承諾的唯一途徑。

　　一些孩子的父母親們騷動起來，尖聲嚷著報警、叫救護車、做人工呼吸或心臟按摩。在這所有的混亂喧囂之中我再度看見那兩個跟蹤我許久而最後似乎終於放棄但其實卻沒有的小女孩和小男孩，他們安靜而冷漠地看著我，對於他們和我的處境都了然於胸，而我很驚訝自己這一次居然能夠鎮定地面對他們而不再感到恐懼，我開始記得自己究竟是誰，也模糊地想起童年時的一些歡樂時光。就在滿室的孩子們悄然湧上來，在我們這些無助的大人們身上投下陰影的時候，我看見小女孩的臉上，浮現一絲我曾經如此熟悉的笑容。

四條河的故事

　　我的生命中有四條河，常常在夜深人靜的時候輕輕緩緩地流過，水波在心上沖積出一層又一層的紋路。站在河邊，許多往事從眼前掠過，激起一陣陣漣漪。我不是個擅打水瓢兒的人，但是河邊的石頭，總令我禁不住彎身拾起，把玩在手中，在明瞭世間事都是自然造化之後，一揮手，讓它沉入水中，不再回頭。

*

　　從小到大，總喜歡去河邊，坐在岸上靜靜地看水流過。生長在都市裡的孩子很難看得到河，只得坐很久的車到淡水去，在觀音的腳下聽蟬，斜看關渡在落日餘暉中的紅光，一彎映在淺紫的天邊。

　　淡水河流過我無憂無慮的大學時代，唯有那四年，才終於領略到全然的自由。常常在一週的課程完後，和朋友遠征淡水，征途中七嘴八舌、談天說地，辯論的總是彼此的心情，也因此而常常坐過站。下得車來，租輛協力車，辛苦地爬坡，或是停下來照一張相。有時候坐在長長的堤岸上，左右開弓，狼吞虎嚥著各種小吃，是一種非常狂放的心情。

　　最喜歡看夕陽中的河，霞色掩映中，心情也隨之沉澱下來。那時候我們最常辯論的是小說和散文，偶爾也談詩，但總是比手畫腳著胡言亂語一番，因為不懂，然而不懂也有不懂的快樂，只為了溝通彼此的感覺。文學的世界是很有趣的，誰有了一篇故事，就立刻成為其他人批鬥的對象，修辭、人物、情節、力道，無一不批，於是功力和獨到的眼光就慢慢地顯露出來。很多時候，只是驚嘆著別人的技巧純熟，卻忘了自己在青澀中也可以成長一株昂揚的苗芽，慢慢地吸收養分，慢慢地茁壯。很多時候，驕傲於自己些許的成就，卻忘了陽光同時也灑落在田圃的每一個角落，每一朵花，都有它的清香。

感覺像河水一樣，流動在兩岸之間，改變的是水，也是岸。在河畔，我常常看見陽光，以及陽光下的每一朵花，隨風搖曳。那樣的日子是很單純而快樂的。

*

單純的日子可以永久，快樂卻不一定。生命中的第二條河，教給了我這個道理。

不知道自己為什麼會來到這條河畔居住，一個多麼美麗的名字，奧蘭坦芝。每天上學放學，都看到那條不算太寬的河直直地穿過校區，在好幾道橋下穿過，橋墩上畫著或寫著蟹樣的文字。冬天的時候下雪，河面整個冰凍起來，便有人在上面溜冰。夏日的烈陽下，選手們不辭辛勞地練習划船，不知怎的，總讓我想起湯瑪斯‧艾金斯的名畫「單槳選手」。

每個週末的早晨都得從溫暖的被窩中掙扎出來，到學校的新聞室去交稿，秋涼漸深的時候，是一種苦刑。週末不開校車，如果抄近路越過一大片好似草原的空地，四十分鐘就可以到學校，一個人慢慢地走，總覺得天地之間只剩下我一個赴京趕考的書生，只差沒有一個書僮來為我負上幾大冊待還給圖書館的參考資料。越過大草原之後，奧蘭坦芝就出現在眼前，我常怔怔站在橋上，問河水，是不是流得太遠了，河水卻不回答。

很多個夜晚，過了河之後回到家裡，小小的房間中只有一盞燈，一堆書，案頭一疊待回的信，不知道該答覆一種什麼樣的心情，卻總希望能接到更多更多的信。白天在學校裡奮鬥，黑髮的自己說著金髮的語言，思維著白膚的時事，競爭著像等腰三角形的那一個字母。而夜晚的我，僅僅在河的另一岸，自己的家中（是家麼？我自問），感覺卻總是天翻地覆，不能成眠。不渴盼一瓢長江水，只朝思暮想著一片雪花白，然而當雪花真的飄落而下，奧蘭坦芝結成了冰，我的淚早已乾。

暴雨的前後經過奧蘭坦芝，總擔心那個被畫在橋下的小女孩，會不會被水淹沒了她的笑容和手中牽著的那隻紅氣球。好幾次，河水漲到她的咽喉，我在想，她也是有苦說不出、不知何去何從的異鄉人。

聽說附近還有一條叫做「傻丫頭」的河，可惜我從來沒去過。

*

春天來臨的時候，我飛到地球的另一端，去看我生命中的第三條河。

雅拉河蜿蜒流過市區，在這塊乾燥洲島大陸的東南端塑造出一個婀娜的翡冷翠，也真的有徐志摩式的崗多拉搖曳而過。涼涼的夜晚，站在橋上看河，心中卻是溫暖的，只為河面倒映出的身影不再孤單，那條月光在水上鋪成的長路，終於可以有勇氣走上去。

然而白日的雅拉河是精神奕奕的，河畔各式各樣的建築，結合不同民族的風味特色，卻是極度悅目而和諧。不同背景的人們在河邊緩緩走過，不同的髮色、膚色、臉孔和眼睛，一般的悠遊，一式的溫柔。我不知道是自己喚醒了雅拉，抑或是雅拉喚醒了我，這裡的一切是那樣不同，彼此之間卻為什麼相處得那樣融洽。

我開始思考起同與不同、群與不群的問題來。這一條河，流向自我以外的世界，流出我一向緊閉的窗。

當不同的文化融合在一起，彼此之間能坦然接受並學習對方的優點，互相扶持患難，真誠相對，毫無猜忌，這個世界就會變得單純。如果不同的人們都能學會如何在異中求同，一起為共同的目標奮鬥，激發彼此的潛能，實現彼此的夢想，這個世界就會，快樂。

我開始明白這條河的流向，它最終的歸宿在哪裡。

在城市中靜靜流著的河，載著河畔一百五十多個和樂共處民族的共同理想，還有夢，慢慢流出海。一條河，拓展了一個人的視野，結合了兩個人的命運，兼容並蓄了不同的血脈，醞釀著全世界新生的力量。我在這條河邊，看到自己的未來。

一條河，可以不會寂寞。

*

於是，當我來到生命中的第四條河畔，看到得更多。

一條河的單純與快樂，要靠自己去追求。河，終究要流向大海。

船行在河上，兩岸山連著山，峽連著峽。這裡是長江，全世界聞名的河，一個民族的母親，富庶的根源，文化和歷史的寶庫，一個國家的夢。

這個夢，現在正在構建之中，當工程告一段落的時候，現實世界是不是真的如夢境一樣美好，誰也不能知道。

只能祈禱。

船行在河上，岸邊有年幼的孩子們叫賣著河石。這些矯健的小游龍潛到不是太深的河底，撈起天然的石頭，加工以後販賣給遊河的旅客，那些血液中同樣流動著這條河的人們。孩子們赤身露體，手中高高舉著一袋又一袋的石頭，任一條又一條的船在身邊泛過，他們的生命只是這條河，以及手中的石頭。石頭在加工之後顯得晶瑩剔透，卻沒有真實的美。

孩子們在水中是那樣興高采烈，他們是不是也經過加工。

在某一處河邊，從一個孩子手中買下竹葉編的小動物。小女孩稚嫩的聲音怯怯地說，我沒有零錢找給你，可是你可以買兩隻。

一心軟，買了，事後惶恐不已，只因為不知道自己是否參與了加工孩子們的過程，或是，給予孩子們一個回歸真實、追尋夢想的機會。新鮮竹葉編的小動物在烈日下，慢慢地枯乾了，孩子們靈巧的小手在三十秒之內又編出一隻，又一隻，孩子們追在來來往往的遊客身後，希望能再多賣出一隻，又一隻。

我在孩子們眼中，看不到這條河的方向。

一回頭，一個遊客的高級相機鏡頭貪婪地追逐著孩子。

我在想，他看見了什麼。

*

　　我的生命中有四條河，常常在夜深人靜的時候輕輕緩緩地流過，水波在心中沖積出一層又一層的紋路。站在河邊，許多往事從眼前掠過，激起一陣陣漣漪。我不是個擅打水瓢兒的人，有時候石頭在水面上彈跳，激濺出令人欣喜的波光，有時候，石頭卻直落水底，我惋惜又嘆息，卻無能挽回些什麼。

　　可是，我知道，河水仍在流動，自然仍在運轉。我的河仍是單純而快樂，我心亦然。

　　我的河，正在流，不願回頭，不能回頭。河底，我的回憶深深淺淺，是層層水波印成的軌跡，是打水瓢兒經驗的累積。這世間一切都是自然造化，我的河，點點滴滴在心中，伴我長流，不再回頭。

憶良人

　　初夏的空氣溫暖而潮濕，籬笆的向陽面還可以清楚看見竹子的紋路，儘管牽牛花四處蔓延，細細的綠草也從每一處可能的縫隙中冒出頭來。同樣用竹子做成的一扇小門和半人高的籬笆共同圍出了林家向來樸素安靜的院落，院裡是磚造的平房，式樣簡單，正廳前面的地上鋪了水泥，廚房後面另外有一小片花圃，被素美種了一排空心菜。院外，一條大路空蕩蕩地躺著，是整個村子通往城市的唯一途徑。

　　素美娘家姓陳，二十歲的時候嫁給林正桐以後就冠了夫姓，本本份份地守著小院落和兒子小桐，平日到市場買菜的時候總是一副素淨的打扮，和鄰居之間也不多話。小桐生性頑皮，每天總是和小朋友們玩到傍晚要吃飯的時候才全身髒兮兮地回家，素美也不生氣，帶著他洗澡之後就開飯，讓他在每個盤子裡亂挑亂撿，興高采烈地嚷著什麼從小朋友們那兒聽來的鬼話。林正桐經常不在家，城裡的工廠管吃管住，每次一離開就是好幾個月，只在週末的時候打電話回來，和小桐說很久的話，交代素美到村裡的郵局去領匯寄的錢和物品。林正桐不在家的期間，素美和小桐就是林家院落的主人。

　　素美從來沒有擔心過什麼。林正桐在城裡過得很好，每個月寄回家的錢總是用了之後還有剩餘，電話裡的聲音也總是誠實而親切；小桐九月要上小學了，六歲的孩子懂事得很，和小朋友們跳房子贏來的糖果總是帶回家來給媽媽吃，素美如果有事要出門，他也會乖乖待在廚房裡看著爐子上小火烹煮著的綠豆湯。偶爾有鄰居來串門子，說起城裡的風光多麼繁華，人們多麼有錢，又警告素美要遙控管好林正桐，她總是笑著不說話，單手掠掠頭髮，倚著籬笆閒閒地看著那條大路一直延伸到地平線以外。

　　小桐也很快樂。媽媽又和藹又美麗，爸爸在電話裡總是問小桐這個、小桐那個，每個星期還寄回來好多玩具和好吃的東西，讓小桐在小朋友們面前十分得意。住在隔壁的阿寶和強強是小桐的死黨，三個人總是一起玩騎馬打仗，追著住在村子另一頭的婷婷和小元到處尖叫著跑來跑去。不過小桐心裡是很喜歡小元的，也喜歡她的兩條長辮子和蝴蝶結；這個秘密他只告訴過媽媽，媽媽笑著摟摟他的肩膀，說他長大了。

小桐在花園抓到一隻大蝸牛，準備拿去向小朋友們獻寶的那天下午，林家院落前面的大路上走過兩個大學生，一男一女說說笑笑，引得鄰居們都跑出來看。小桐遠遠聽見他們要去村長家，連忙把蝸牛交給在客廳裡縫衣服的素美，自己跑出門看熱鬧去了，留下素美細心地把蝸牛養在一個小塑膠盒子裡，又放了幾片空心菜葉。

好不容易跑到村長家的圍牆外面，小桐一面喘氣，一面伸長脖子隔著圍牆張望村長和兩個大學生在小客廳裡談話。村長太太把家裡所有的茶杯都端了出來，捧著茶壺到廚房去放茶葉、燒水，又到處張羅著找椅子。

「伯母，您別客氣，我們兩個人站著也可以。」女學生像小元一樣子紮著兩條長辮子，很有禮貌地對忙得滿頭大汗的村長太太說著，又站起來幫忙倒茶水。小桐遠遠地看見她的頭髮又黑又亮，一張圓臉白白的，笑起來很可愛，心裡馬上喜歡了她。

村長的嗓門很大，哈哈笑的聲音從客廳裡一直傳出來。「我們這個小村子啊，平時算是很封閉，有志氣的男人都到城裡工作去了，只剩下一些老弱婦孺安安靜靜地過日子，什麼也不懂，你們這些大學生能來這裡做研究，真是給我們的村子增光啊！只希望你們不要嫌棄這裡太過簡陋，我這個做村長的就很高興了。」

站在村長旁邊的男學生連忙回答：「伯伯，您別見外，我們都還是學生，對於衣食住行沒有什麼特別的要求，您答應讓我們在村子裡待上一個月，又讓我們住在您這裡，已經是很照顧我們了，我們怎麼敢再隨便挑剔呢！何況，我們也沒有什麼本領進行高深的研究，只是想利用放暑假的時間到處看看，多學習一些實實在在的知識，畢業以後，在社會上才能為民眾服務。這方面的經驗，還要向您和村裡的各位長輩多多請教。」這個男學生的眼睛很大，很有神采，個子又高又結實，說起話來卻十分斯文，總是昂著頭笑著，額前的一撮頭髮垂下來，小桐覺得他也很好看。

村長哈哈大笑：「好，年輕人有志氣，將來一定有出息！我們這些老人還是應該向你們多學習，免得別人笑我們這個村子落伍啊！」兩個大學生也跟著笑起來，看起來有些害羞。村長太太不知道從哪裡又端出來一張椅子。

小桐在圍牆外面張望半天，只知道大眼睛的男學生姓沈，紮辮子的女學生姓吳，兩個人大概都是二十歲，在城裡念什麼「植物病蟲害」的書，也不知道是什麼好東西。正覺得越聽越聽不懂的時候，身後突然傳來嘻笑的聲音，原來是婷婷和小元騎了腳踏車經過，看見小桐一副鬼鬼祟祟的樣子，就停了車笑他，婷婷還故意模仿著他東張西望的神情。小桐覺得被這些女生看見自己偷聽別人說話很不好意思，又想趕快回家拿讓素美保管的那隻大蝸牛來嚇她們，就一溜煙跑了。

從這天開始，村子裡到處可以看見這兩個大學生的身影：他們白天在農田裡幫忙，仔細觀察四周的生態環境和農作物的生長狀況，拍了許多照片，也在孩子們的幫助之下採集了不少植物和毛蟲標本，有時候甚至還到市場和商店裡去幫忙賣東西；晚上，他們由村長陪著，一家一家地進行訪問，談四季收成，談糧食的販賣和自給自足，談在城裡工作的居民對整個村子經濟發展的貢獻，也談大家對土地的想望與感情，手裡密密麻麻地做著記錄。村子裡沒有人不喜歡這兩個大學生，家家戶戶都想請他們吃飯；村長太太總是很得意，只差沒把他們當成自己親生的孩子，其他婦女則開始議論起他們多麼聰明優秀，人品多麼好，又叫自己的小孩不要貪玩，將來才可以像人家一樣成器。

由於村長的家並不寬敞，好不容易空出來的小房間讓給了名叫沈家健的男學生，女學生吳倩只好另外找居處。村長太太想到林正桐不在家，素美和小桐平時也挺孤單的，徵得他們的同意之後，就安排吳倩到林家院落來住。素美讓小桐和自己睡一間臥室，把小桐凌亂的房間整理齊全，添了書桌和檯燈，還特別準備了乾淨的毛巾被褥，於是吳倩暫時住了下來，也把沈家健的足跡帶進了這個安靜的院落。素美總是做一些

具有地方特色的好菜讓他們品嚐，有時候也和他們說起林正桐在城裡的
工作和生活。

　　大概是因為當初的第一印象特別良好的緣故，小桐很喜歡這兩個大
學生，每天沈哥哥長、吳姐姐短地叫個不停，跟在他們身後團團亂轉。
每天晚上吳倩在房裡整理筆記的時候，小桐總是跑去敲門，不是有模有
樣地在一邊幫忙，就是乾脆把她拉出來和素美聊天，自己趴在兩人中間
旁聽；有幾天的傍晚氣候十分涼爽，沈家健送吳倩回到素美家，看看天
色還明朗，也會招呼小桐一起把素美的飯桌抬出來，自己鋪了滿桌的植
物標本，一下子低頭思考著什麼，一下子仰起頭來看看天空的雲彩，小
桐在旁邊也不敢發出什麼噪音，自己安安靜靜地玩著。晚上六點半，四
個人在正廳前面圍著桌子乘涼、吃飯，聽小桐胡說八道，然後阿寶、強
強、婷婷和小元就來找小桐出去玩了，素美收拾著碗筷，吳倩和沈家健
把桌子抬進屋裡，幫忙清理整理之後，才又一起出去做訪問。這樣的日
子讓小桐十分歡喜，心裡很希望沈哥哥和吳姐姐永遠也不要離開林家院
落。

　　至於素美，儘管生活中多了這兩個年輕人的工作和學習，也絲毫不
影響她臉上怡然自得的微笑，無論是做家事、燒飯、洗衣、買菜、叫小
桐回家吃飯、或是和吳倩、沈家健聊天，她的態度永遠是那麼悠閒愉
悅，說話速度不急不緩，給人一種安詳寧靜的感覺，她的眼神也總是溫
暖而親切，其中沒有任何陰影。這兩個大學生像是夏日天空的雲彩，停
駐在林家院落上空的時候抬頭欣賞它們的美，飄過之後，天空還是一片
純淨。林正桐和小桐才是素美的日與月。

　　三個星期很快地過去了，沈家健和吳倩商量了好幾個晚上，決定向
村長提議：為了答謝村子裡的長輩們無微不至的支持和照顧，希望能借
用大禮堂，和孩子們合作演一齣戲。戲的內容很簡單：無惡不作的妖怪
從森林裡跑出來，把一個小王國的公主偷走了，幸好勇敢的士兵們把妖
怪降伏，全國上下歡歡喜喜地慶祝公主的平安歸來；沈家健自告奮勇演
妖怪，讓吳倩當公主，小桐和一群孩子們則理所當然地扮成士兵。接下

來的好幾天，大禮堂前前後後、裡裡外外到處是兩個大學生和孩子們的身影，村裡的婦女總喜歡跑來看熱鬧，招呼自己的小孩在追打沈家健的時候不必太認真，又帶自家烹調的點心給吳倩吃，村長的大嗓門也經常從禮堂裡傳出來，比他敲敲打打舞台佈景的聲音還要響亮。

小桐演的是士兵隊長，在小朋友們面前自然格外神氣，每天回家都向素美報告排戲的進展，沈家健和吳倩也經常誇獎小桐多麼乖巧懂事，和其他扮演士兵的孩子們配合得多好，一點也不搶風頭。每次聽到這種讚美，素美總是把小桐摟在懷裡，親親他的臉，讓小桐覺得又害羞又高興。小桐知道媽媽很為自己驕傲。

演出的這天晚上，沈家健、吳倩和孩子們從下午開始就在大禮堂裡換上素美和村子裡其他婦女幫忙縫製的戲服，進行最後一次排演。扮妖怪的沈家健全身上下滿是碎布點綴成的毛茸茸鱗片，頭上還有兩隻彎彎的角，演公主的吳倩也穿了長長的綢裙，辮子上紮著緞帶，小桐覺得她是素美之外，整個村子裡最漂亮的人。所有的孩子們身後都飄揚著神氣的紅披風，手裡拿著銀光閃閃的假刀假劍，一面踏著寬步子走路，一面大聲喊著只有他們自己才聽得懂的口號，很有士兵的模樣。村長太太忙碌地在大禮堂裡跑來跑去計算座位夠不夠所有的村民使用，又讓村長把舞台佈景檢查了好幾次。

演出的結果極為成功：村民們把大禮堂擠得滿滿的，大家都愛看吳倩穿長裙子的模樣，又笑沈家健無論如何張牙舞爪，看起來總是不像妖怪，而是一隻和藹可親、搖頭擺腦的大獅子。孩子們扮演的士兵降伏妖怪的畫面也有趣極了，小桐在舞台上和毛茸茸的沈家健滾做一團，躲在佈景後面的村長看得十分心急，自己跳出來一把揪住獅子尾巴，村民們哄堂大笑，紛紛湧上舞台追著這個臨時多出來的角色又叫又跳，於是最後的慶祝場面便從戲劇轉為真實，大禮堂裡一片快樂的混亂。小桐乘機溜到坐在台下的素美身邊，想拉她上台和大家一起跳舞，素美微笑著搖搖頭，拍拍兒子。沒有人記得應該落幕，只有大禮堂外慢慢升上天空的月亮悄悄地照耀著整個村子，也照亮了寂靜的林家院落。

隨著人群逐漸散去，孩子們也不知道跑到哪裡去舉行他們自己的慶祝儀式了，素美在空蕩蕩的大禮堂裡一面等小桐回來，一面順手清理著散亂在舞台四周的雜物。吳倩被村長太太拉扯回家去吃宵夜，臨走的時候匆匆告訴素美自己會晚一點回到林家院落，又說沈家健可能還在後台換衣服、整理東西，素美笑了笑，也不在意。

後台是一條長而窄的甬道，素美手裡捧著從舞台佈景拆下來的布幕，整條甬道都快走完了，才看見沈家健一個人站在盡頭。素美笑著向他點點頭，側身從他身邊走過，他突然伸手攔住了她。

沈家健雙手按住素美的肩膀，讓她靠在甬道的木板牆上，直直地看入她的眼睛。他說話的聲音是素美從來沒有聽見過的：「妳究竟是怎樣的一個女人？難道妳從來就沒有心、沒有靈魂、沒有感情？妳究竟有沒有看見過我？」

素美被動地看著他，不能明白究竟發生了什麼事，然而她的肩膀逐漸可以開始感覺到沈家健雙手的力氣，她的背部感受到木板牆的粗糙而微微振動的表面，她的手臂和身體也感知到隔在兩人之間的布幕質料與重量。她聽見沈家健的聲音裡有著疲倦、激動、憤怒、傷感，她看見這個年輕人逐漸在她眼前開始存在起來，好像穿越了什麼靜止的畫面，成為一個立體的、會呼吸、有行動的影像，她看見他的額頭上有汗水，一撮頭髮垂在眼睛前面，搖晃著，眼睛裡面卻有悲哀的表情。素美突然發現：面前的這個年輕男人比自己高出將近一個頭，甬道的燈光昏暗，四周的空氣安靜，很冷。

沈家健突然放開了她。素美感覺到自己肩膀上壓力的突然解除。

素美站在甬道盡頭，看著沈家健沉默地轉身離去，聽著他的腳步聲逐漸消失在甬道另一端的黑暗之中，他年輕的背影有某種蒼老的感覺。素美發現自己心中產生了一種從來沒有過的情緒，可是她不知道那原來就叫做寂寞。

沈家健和吳倩第二天清晨離開村子的時候，所有村民都湧到大路上來歡送，素美帶著還沒有睡夠、雙手不斷揉眼睛的小桐，站在林家院落的籬笆前面看著熱鬧的人群。村長太太和一群年長婦女拉著吳倩不放，要幫她介紹男朋友，吳倩害羞得臉都紅了。又不好拒絕這些伯母們的堅持，只把兩條長辮子在胸前垂著。素美注意到她還紮著前一夜演出公主時的緞帶。村長在人群中拍著沈家健的肩膀，大嗓門不斷誇獎他的年輕有為、前途無量，又囑咐他有機會的話還要再回來。素美覺得他哈哈笑的聲音今天特別響亮。沈家健有些勉強地笑著，早晨並不怎麼強烈的陽光在他額前的頭髮上反射出一絲微紅。

小桐的眼睛突然睜大了：「沈哥哥！沈哥哥！你怎麼了？」他童稚的嗓音像一把銀光閃閃的利劍斬斷了人群快樂而混亂的鬧聲。

沈家健在林家院落前面的大路上倒了下去，他的頭髮有些凌亂地披散在額前，空氣中揚起的塵土慢慢落在他身上。他的面容是安詳的，沒有掙扎的痕跡。他安安靜靜地躺在那裡，好像因為太過疲倦而自然入睡，把所有喧嘩擾嚷的人群都留在夢境之外，不管他們如何焦急地想再度喚醒他。素美覺得他睡得好熟，好沉。他夢見了什麼呢？

小桐終於要上小學的那天，阿寶、強強、婷婷和小元特別來到林家院落，在正廳前面唱著歌等他，可是小桐卻一直不肯走出自己的房間，素美怎麼勸也不肯聽。等了好久，小朋友們都不耐煩了，小元隔著窗戶對小桐大喊：「小桐你到底怎麼搞的嘛？我們都來唱歌給你聽，你還不出來！不出來就算了！」素美看著他們轉身離開，沿著人來人往的大路走得漸漸看不見人影了，小桐卻還低著頭，不禁擔心地看著他。

好像過了永遠那麼長的時間，小桐才輕輕地問：「媽媽，我的蝸牛去哪裡了？」

素美想了一下才回答：「我把牠放了，就是你上台演戲的那一天晚上嘛！我覺得牠關在盒子裡面很寂寞，乾脆放牠自由，讓牠回到花圃去。」

小桐不放心，又問：「可是蝸牛沒有空心菜怎麼活呢？」

素美笑了，摟住兒子的肩膀輕輕搖晃：「牠可以吃別的菜啊！」

陽光照著林家院落，花圃裡初生的玫瑰隨風搖曳。素美朝窗外靜靜地望著，似乎又可以看見因為心臟病突然發作而死去的沈家健在正廳前面鋪了滿桌的植物標本，一下子低頭思考著什麼，一下子仰起頭來看看天空的雲彩，陽光在他額前的一撮頭髮上閃耀著，他的臉上，浮現出素美曾經陌生而如今卻又無比熟悉的笑容。

第二部：塵緣

《蒲公英水手》

窗內

那天傍晚，麗華照例帶遠遠和文文兩個孩子上床睡覺，德銘也照例還是得在書房工作，把白天在辦公室沒有能夠完成的帳表整理清楚。兩歲的文文累了一天，一躺上床就睡著了，四歲半的遠遠則是在他的小床上翻來覆去，像條蟲一樣扭個不停，怎麼也不肯睡，麗華只好從自己的大床上伸出手來握住他的小手，讓他安頓下來，又碎碎念了他幾句。

遠遠的小床旁就是一大扇玻璃窗，每天傍晚陪孩子們睡覺，麗華已經很習慣安靜地躺在大床上，一面等孩子們睡著，一面側過頭看著窗外的景物。窗外是一個涼棚，德銘去年才新鋪了塑膠屋頂，白天有陽光可以透射下來給各種花草植物養份，晚上則遮去了窗外的天空，只能從縫隙中偶爾看見星光。隨著時間的過去，天慢慢地黑了，逐漸地，麗華再怎麼努力也看不見窗外的景物，然而她還是在黑暗中張大眼睛，持續向窗外望著。

遠遠怕黑，有一句沒一句說著話，硬撐著不肯睡，卻已經一連打了好幾個呵欠。麗華忍不住又數說他怎麼還不睡，遠遠睡眼惺忪地答了一句：「人家不知道怎麼睡覺嘛！」

麗華一怔，這句話聽來好熟悉，好像多少年前的一扇窗突然打開，許多塵封的記憶狂瀉出來，真不知道當初怎麼能夠把它們封鎖起來？她躺在黑暗裡，寬敞的雙人床似乎一下子狹窄成單人世界，兩個孩子都睡了，書房裡的德銘也似乎變得遙遠起來。

十四年前的一個傍晚，有一個人也對她說過這樣的一句話：「人家不知道怎麼睡覺嘛！」那人用的是半坦承、半撒嬌的語氣，他的臉是那麼坦白而誠懇，他的眼睛似乎在黑暗中也閃著某種神祕而令人心動的光芒。認識他三年，從來不曾看他這樣無拘無束地訴說自己的感覺，他總是瀟灑無羈，大而化之，在眾人前當老大，在她身邊像英雄。她習慣了依賴他，仰頭看著他的一頭亂髮，英俊而略帶些稚氣的笑容，感覺心中越來越迷惑。他對我，究竟是如何呢？

　　就為了他的那一句話，她在他身旁躺下來，把手交給他，把一切交給命運和自己羞澀的想望。第二天早晨醒來，他已經離開了，她擁著棉被，怔怔地望著窗外。那一整片延伸至無窮盡的都市高樓，都是無人性的鋼筋水泥，她怎麼能期盼在這都市中找到一個溫暖的棲身之地呢？

　　如今只有德銘和孩子們給她溫暖，在這南部的鄉下沒有高樓，只有德銘的工作繁忙，孩子們在家中四散的玩具，還有她在窗外涼棚下種的一批花草植物。德銘不擅於甜言蜜語，但是麗華知道，他是深深愛著她的。

　　麗華輕悄悄地下床，躡手躡腳地出了臥室，到廚房去倒了杯熱茶，端去給德銘。「窗外好黑，你的燈看起來好亮啊！」她說。

人質

事情辦完後，她到浴室小心地沖洗了一下，回房時只見他已經穿戴整齊，正在把所有的文件從公事包裡拿出來，在梳妝台上排好，等她簽字。

「這是房契，記得拿去戶政事務所登記在妳的名下，這張二十萬元的支票也去存在妳的戶頭，只能給妳這麼多，我們自己也要錢用。還有這份證書，我已經簽了名，就等妳也簽字，所有的手續就算完成，也有法律上的效力。」

這是他一貫簡潔的語氣，她怔怔地看著他，不知道說什麼才好。結婚八年，一直沒有孩子，後來他有了外遇，無論她怎麼哭、怎麼求，他總是不肯回頭。每天她煮好兩人份的晚餐，總希望他突然覺悟，願意重新回到她身邊。然而晚上的飯菜總是在第二天早上倒掉，她在餐桌旁坐了一整晚，眼淚也流乾了。這樣苦熬的日子過了五個月，她終於崩潰了。

她唯一的條件是和他再試一次，其他的責任和義務就看他的良心，事實上她對於房子和金錢也不是很在乎。八年的夫妻情義，她不想、也不能就這樣輕易拋棄，如果能有一個孩子來幫她回憶他當年的柔情蜜意、體貼入微，如果這個孩子能長得像他，那麼她願意犧牲一切。

她簽下了自己的名字，知道從此以後再也不會有他的音訊，不禁十分不捨。如果能夠有孩子，她會告訴這個得來不易的寶寶：爸爸是個很善良、很能幹、很溫柔的人，只是因為種種不得已的因素，不能和我們住在一起。媽媽陪寶寶一輩子好嗎？媽媽會很用心照顧寶寶的，因為寶寶證明了爸爸曾經愛過媽媽。

他提起公事包，說了聲再見就離開了，她知道門外的車裡還有人在等著他，畢竟這件事從開始到結束，其實也用不了十分鐘。

她在床上躺下來，閉上眼睛，試著記住他的熱度和力道，想像他的千軍萬馬此刻正在她體內衝鋒陷陣，奮勇前進。在廣闊的原野上沒有阻力，迂迴的河道也奔流無礙，這批精猛的將士應該能夠很快地找到他們的目標，甚至在天黑以前攻佔下這座很久以來一直荒廢無人的皇宮。在這皇宮裡有一顆稀世珍寶，圓潤的質感，流轉的光華，全心全意地希望被掠奪、被佔領、被擁有，彷彿非得要成為人質，自我的存在才能夠被肯定，自己才懂得珍惜自己。唯有這珍寶被人挾持了，皇宮也淪陷了，這片領土才有些人氣吧！

天黑了，她還躺在那裡，不敢輕易動彈。也許她會睡著，夢中會有一個孩子來投入她的懷抱，她會好高興地擁著這個寶寶，兩個人一起用心地經營出一片新天新地，也許她會高興地流下淚來，讓自己枯竭的心靈重新長出一片綠林。

夜深了，窗外的月光明亮，映照著窗內床上的女體。她沉沉睡著，一隻手還停留在自己的小腹上，靜待佳音。

作家

　　她想像自己是個闖蕩江湖的白衣俠女，一把長劍比負心人的謊言還薄。她四處流浪，遇見不公平的事情就爽快地拔劍，也不管誰對誰錯，反正強者就是不能欺壓弱者。

　　幸好江湖上的人都聽過她的名聲，知道她喜歡不分青紅皂白地多管閒事，劍招狠辣，死纏爛打，不是輕易可以擺脫的。他們寧願躲著她，只要遠遠地看見她飄然而來，他們便都無聲地退讓。

　　因此她沾沾自喜地以為自己天下無敵。

　　也因此她經常感到寂寞。

　　這天她經過一個村莊，看見一個外地來的女人被村民厲聲叫罵、踢打著。那女人披頭散髮，衣衫破爛，滿臉是血，整個身軀顫抖著縮成一團，在村民的圍攻之下一點也不能還手，只有滿臉的淚。偶爾有幾個村民打累了，退下來休息，眼看這是逃走的好機會，這女人卻並不躲開。她只是用手臂護著頭臉，靜靜地縮在那裡，等村民緩過氣來進行下一波的攻擊。

　　她看不過去了，拔出劍來，閃身穿過人群，迅速把一個村民的拳頭架開了。那拳頭比蒲扇還大，如果打在那個女人臉上，非留下永遠無法痊癒的傷痕不可。

　　「住手！」她怒斥，眼裡彷彿可以噴出火來。「你們難道非得要把她打死嗎？她做了什麼事，值得你們這樣處罰她？」

　　村民七嘴八舌地罵著、爭辯著，過了好一會兒，她才聽出個端倪。原來這個外地來的女人經過村子，看見村裡池塘中的蓮花開得姣好，心生喜愛，便下水去摘花。誰知道這池塘是村民維生必要的飲水來源，這個女人隨便下水，便是玷污了村民的傳統生活方式。

　　「難道你們的生活方式不能改變嗎？這美好的水源，水中美麗的蓮花，難道就不能和別人共享嗎？」

　　「當然不能。」村民憤怒地回答。「這一切都是我們的。」

她思索了半晌，知道自己這次輕易插手，終究是錯了。

「既然是這樣的話，能不能請您們給我一碗這池塘裡的水？旅途遙遠，實在口渴得緊。」

「既然妳這樣有禮貌地請求，當然可以。」

她接過碗，把水一口喝乾，然後把碗放在地上，唰地一聲拔出了背上的長劍。「我喝了這池塘裡的水，便是欠了您們的情，欠債還錢，我願意以自己的性命換取這個女人的安全。請您們放她走吧。」

村民竊竊私語，把頭湊在一起討論了半晌，然後全體轉身面對她。「這真是妳的決定嗎？妳不後悔？」

「絕不後悔。」她索性把手中的劍也拋下。

村民愣了半晌，終於向她圍攏過來，只在人群一角留下空隙，讓那個外地來的女人離開。這個女人在離開村子之前又回了一次頭，只見村民圍成一團，又開始了猛烈的叫罵和踢打。

第二天早上，池塘邊杳無人跡，只有池塘正中央新開了一朵白色的蓮花，在陽光下燦爛微笑。

偶然

　　她打好了結，正準備把繩圈套上脖子的時候，門鈴突然響了。她猶豫了好一會，終於還是決定去開門。

　　門外站著一隻熊，手裡捧著一束紅玫瑰。「張巧眉小姐，妳的男朋友李傑生認為妳是世界上最美麗的女人，他希望生生世世永遠和妳在一起，更希望妳情人節快樂！」他有些尷尬地抓著熊裝的短褲，眼看就要掉下來了。

　　「你找錯人了。張巧眉住在隔壁。」她有些抱歉地說。

　　「啊，真對不起，打擾妳了。」他一手提著褲子，一手拿著花束，轉身下樓。

　　「等、等一下，她大概很快就回來了。」她似乎發現了一線生機。「你可以進來等，我給你倒杯水。」

　　他不好意思地進來了。她幫他把巨大的熊頭拿下來，放在沙發上，然後到廚房去翻箱倒櫃，想在這大熱天裡給他開一瓶冰啤酒。冰箱裡空蕩蕩的，只有一盒冰塊，她只好拿玻璃杯就著水龍頭裝了一杯水，放了冰塊，拿去給他。

　　他正在欣賞客廳裡的一片凌亂：她思念前男友而信手塗鴉的幾幅畫已經撕破，幾個本來是定情物的裝飾品被打碎了又疊成幾堆，一張他倆的放大合照被刀片劃得七零八落，她花了幾個月精心製作而又被無情退還的一尊雕像只剩下半邊。「我從來就搞不懂現代藝術，對我而言太深奧了。」

　　他看到屋樑上的繩圈：「這個作品，象徵的是悲傷和孤獨嗎？」

　　他喝著水，發現客廳居然還有一幅完整的肖像畫，既然沒有破碎，大概就不是現代藝術了。「這個人好帥，是妳的男朋友嗎？」

　　「已經不是了。」她的眼淚終於落下。

　　他愣了好一會，慢慢把水喝完，又往屋樑上的繩圈看了幾眼。「妳知道，這是不值得的。妳還有很長的人生路要走呢。」

她點點頭，一句話也說不出來，只讓眼淚奔流而下。

不知道過了多久，他們同時聽到隔壁的門打開的聲音。「張巧眉回來了。」她說。

他拿著玫瑰花束站起來，她卻轉身把屋樑上的繩圈解了下來。「這個給你。」

他又愣住了：「我、我還好，不需要。」

她笑了，環著他的腰，細心地把繩子當腰帶給他繫著短褲。「你總不希望一整天都提著褲子到處送花吧。」

他也笑了，把巨大的熊頭戴上，拿起花束，然後給了她一個熊式擁抱。她緊緊地抱著熊，感覺一陣溫暖。

他離開了，把門在身後帶上。她聽到他在隔壁門口的聲音：「妳是張巧眉小姐嗎？妳是？太好了。張小姐，妳的男朋友李傑生認為妳是世界上最美麗的女人——」

她又笑了。回頭看到客廳裡的一片凌亂，她突然覺得是重新出發的時候了。

她把所有四散破碎的東西打包好，準備丟到垃圾桶裡去。一轉身，她突然看到他喝完水的玻璃杯，還留在客廳的茶几上。

那裡面插了一朵紅玫瑰。

（作者註：這是我在今年澳洲的「Tropfest 短片嘉年華」中看到的一部短片，名為 Happenstance，是偶然事件、意外事件、機遇的意思。這是進入決賽的作品之一，有興趣的讀者可以到 YouTube 觀賞，只要以片名搜尋即可，片長七分鐘左右，以英語發音，無中文字幕。我覺得這短片感人，便將之轉換成文字，給片中人物取了中文名字，又做了一點修改。這精彩的故事不是我的，特此聲明。）

對話之一

「妳要到什麼時候才肯嫁給我？」

「等我們都活到很老的時候。這樣，我們才會有自由。」

「妳如果不嫁給我，我永遠也不會有自由的感覺。」

「我說得沒錯吧？你現在已經感覺不到自由了。」

「難道妳就能完全自由嗎？」

「當然囉，我可以決定自己有多少自由，這就是我的自由。」

「妳怎麼就不能為我想一想呢？」

「如果你想限制我的自由，我永遠也不會嫁給你。」

「我真搞不懂妳。自由難道比愛情更重要嗎？」

「現在你不懂，一旦結婚，你就會懂了。」

「我對妳的心永遠也不會變。」

「現在不會變，一旦結婚，你就會變了。」

「這只是妳不肯結婚的藉口。」

「這只是你想要結婚的藉口。」

「如果要等到我們都老了，我又何必娶妳？」

「等到我們都老了，你才能真正考慮有沒有娶我的必要。」

「就算我們到時候真的結婚了，再過幾年，我們也都死了。」

「那很重要嗎？就算我只能做一天你的妻子，我也會死而瞑目。」

「難道妳這麼愛我？」

「難道你從來都不了解我？」

「如果妳這麼愛我，為什麼還要堅持妳自己的自由？」

「就是因為我愛你，我才要給你自由，也給我自己自由。」

「如果妳現在不嫁給我，我一輩子也不會娶妳。」

「好吧，那是你的自由。」

「妳要自由，我也可以選擇自由。」

「沒錯。祝你好運。」

對話之二

「這麼多年了，妳還好嗎？」

「你覺得我看起來好嗎？都已經是末期了。」

「難道醫生一點辦法都沒有了嗎？」

「他們該做的都做了。是我自己不要繼續插管的。」

「妳難道忍心就這樣丟下我不管嗎？」

「這麼多年了，你一個人不也生活得很好嗎？」

「我從來沒有忘記過妳。」

「我也是。就算是在我最自由的時候，我心裡也一直有你。」

「妳真的找到妳想要的自由了嗎？」

「嗯。我選擇了自己想走的路，也選擇承擔後果。」

「這樣的自由能讓妳快樂嗎？」

「當然啦。我活了這麼多年，一直很快樂。」

「妳想過我是不是也快樂嗎？」

「我想過不知道多少次。」

「那為什麼妳從來不問我快不快樂？」

「因為只有你可以選擇你要走的路，也只有你可以讓自己快樂。」

「現在妳知道了。沒有妳，我從來沒有快樂過。」

「我一直都知道。我只是不想干涉你讓自己不快樂的自由。」

「妳一直都在干涉。因為妳的自由，我反而不自由。」

「你怪我嗎？」

「這麼多年了，我一直在心裡怪妳。現在又要和妳說再見，我反而不怪妳了。」

「你也發現了自由的好處嗎？」

「嗯，妳走了，我就終於可以獲得自由了。」

「你終於想開了。我真為你高興。」

「妳在天堂裡也會繼續愛我嗎？」
「當然啦。這份愛你的自由，我一定會繼續堅持下去的。」

天使

　　她喜歡看他穿那件黑色皮外套的樣子，裡面一件藍襯衫，配上洗得泛白的牛仔褲，不管是皮鞋或球鞋都很搭調。她喜歡和他一起走長長的路，逛遍大街小巷，在這家店裡喝杯咖啡、吃塊小點心，在那家店裡買一本書。

　　她覺得他是一個天使，專門為她而存在，就連他的跛足也是理所當然的不完美，可以讓她有關切他的藉口。

　　沒有了這個藉口，他就會飛走，再也不會和她在一起了。她經常這樣告訴自己。

　　每次他們出遊，剛開始的時候他總是興高采烈，一跛一跛地蹦跳著和她玩耍。然而隨著時間的過去，他開始煩惱自己的跛足，走路的速度慢了下來，臉上也盡是憤怒和不耐煩。他跛行的樣子就像一隻驕傲的鴨子，昂著頭不服輸，對於四周所有人的言行都很敏感，一方面憎恨他們的關切和憐憫，一方面討厭他們的假仁假義。就連她的好言安慰，刻意減緩自己的步行速率以配合他的進度的心意，也被他斥為虛偽。

　　當他因為自己的跛足而再也無法參與任何需要體力的活動時，天使的怨怒也發作了。他甚至打了她好幾次，每次都是抓起身邊伸手而及的任何東西朝她身上砸過去，一個杯子，一盤點心，一本書。距離再遠一些，他就拿不到了。

　　可是她不在乎。她寧可站在那裡被他打，或是故作不經意地挑個四周堆滿雜物的地方停下來，讓他有足夠的彈藥，可以進行對她的攻擊。

　　只要我能讓天使高興，他就會願意留在人間陪我。她總是這樣告訴自己。

　　有一天他特別興奮。醫生檢查了他的腿，發現他的跛行原來是神經受到壓迫而引起的。如果選擇動手術，他有相當大的機會可以像正常人一樣行走，再也不會被人譏笑。如果不動手術，那麼他一輩子都會是隻鴨子。

　　他心意已定，她卻不開心。失去天使以後的生活將會是如何，她不知道。

　　動手術的那天，她開車載他去醫院，經過十字路口時，闖了紅燈，猛力地撞上一輛砂石車。坐在駕駛座旁的他當場死亡，她也卡在駕駛盤後面動彈不得。車頭整個凹陷在砂石車底下，她滿頭滿臉是血，發現自己的雙腿竟然毫無感覺。

　　太好了，現在我也是個天使了。她這樣想著，然後便昏了過去。

　　六個月以後，她和男友去逛街，坐在輪椅上東張西望，像孩子一樣興奮地指著每一個店裡自己想買的東西，撒嬌地要男友帶她去看。遇到輪椅進不去的店，她會要男友抱著或背著她，然後給他一個天使般的笑容作為補償。賓客的邀請名單已經寄出去了，去義大利度蜜月的機票也買好了。他們準備買一輛新車給她，當作結婚禮物。

　　天使的身上，穿著一件黑色皮外套。洗得泛白的牛仔褲裡甚至沒有跛足，因為她的雙腿早已在車禍之後被鋸掉了。

蛻變

　　她坐在電腦前瀏覽著幾個食譜網站，看到一篇介紹古早味糯米飯糰的，就哭了。

　　鄉愁悄悄地、慢慢地從四面八方湧來，像煙霧穿過紗窗那樣，透過千萬個毛孔靜靜地浸滲入她的體內，像海潮那樣湧上心頭，水位越升越高，漫過整個沙灘，她覺得自己快要沒頂了。

　　她向來不會游泳，也不認為自己有必要去學，沒想到卻在這異鄉的大陸上溺了水，呼吸困難，雙腳亂踢，兩隻手無力地抓著，身體一下子淹到水底，一下子又僥倖冒出水面，不知道自己會被海流沖到哪一個角落。

　　如果淹死了，倒也算了，卻總是這樣浮浮沉沉的，沒有個盡頭。難道自己終究得這樣漂流到老死嗎？

　　為了給自己定心，她開始找尋生根的辦法。

　　遙遠的天邊有一條小船，看起來孤零零地。她放任自己乘著海潮往那裡去，滿心感激地上了船，三下兩下便落了錨。

　　錨在她身體裡勇猛地往下沉，兩個尖角弄得她怪疼的，卻咬著牙挺住了。錨在海底定住了，那份重量讓她感覺好受了些，她擁著這硬梆梆的金屬，把臉貼在上面，希望能夠得到一絲溫暖，也希望自己能夠從此不再空虛。

　　小船在大海裡四處打圈，卻總脫不出錨的範圍。她因此很是高興，以為自己不會再受到鄉愁的折磨了。

　　沒想到，當她幾乎是挑釁地再次瀏覽那篇電腦上的食譜時，一陣暈眩襲來，胃部便開始翻天覆地起來，把她從小船拋到海裡，船也沉了。巨浪一波又一波地打來，這一次再不留情面，非把她折騰得遍體鱗傷不可。她被一個浪頭打入了海底，被一口鹹酸的海水嗆住了，淚眼汪汪，手腳也不聽使喚，就吐了。

我要死了，她心想，拿手捂著胃。我終於要淹死了。

她試著掙扎浮上海面，雙腳卻被錨的鐵鍊纏住了，像放風箏那樣在海水裡浮移著。她用殘存的一點意識想著：下一艘小船來到時，看到的將是我頭上腳下的屍體，被海水泡得浮腫，一隻眼珠被海魚啃蝕掉，兩隻手向上浮著，彷彿還想爭取自由。

錨緊緊地繫著失去了神智的她。

當她再度恢復意識時，懷裡已經抱了一個小嬰兒，是個女孩。她們一起在海裡游泳，她發現自己從來不知道海水的滋味也可以是甜美的。

她把女兒包紮成糯米飯糰的樣子，用充滿眷戀的眼光把她一口一口地吃下肚去。當初那個錨已經不見了，她還在海裡漂流，卻開始自由自在起來。女兒是她的新錨，在她肚裡沉甸甸地穩當，她甚至可以在海底行走，每一步都是踏實的。

從什麼時候開始，她已經可以在海裡自由呼吸了。她知道自己終於把大海當成了故鄉，百分之七十的世界都是她的天下，任她悠遊。她把陸地拋在身後，就這樣變成了一條魚，身形款擺，每一片鱗都是五彩閃亮的。

空洞

　　即使是在這麼多年以後，她還是沒有辦法填補心底的那個空洞。洞底的裂隙隨著歲月的逝去而越顯寬大，偶爾還傳出幾縷荒煙，幾聲鬼嚎似的低語。

　　當年，她拋下南部的一切，投奔在北部工作的他，兩人經常三餐不繼，房租也總是交不出來，他在工廠的薪水不高，她只好去當女傭，給人家吸塵、洗地、刷馬桶。家人經常寫信來警告，如果她再不回去，日後分家產的時候就一毛錢也不會給她。她不在乎，只要他愛她。

　　而他也確實是愛她的，兩人胼手胝足，一百、五十地存著錢，十年過去，居然能夠在郊區買下一棟窄小的二手屋，生活也開始穩定起來。他們相識十二週年的那天晚上，他向她求婚。他們的婚宴辦得簡單而隆重，他在工廠裡的上司和同事們都來參加，使她感到特別溫馨。

　　多年以來，他在工廠一直沒有升遷多少，薪水卻也足夠他們生活，再加上兩個孩子的接連出世，他便不讓她出去工作。她安安穩穩地照顧孩子，三餐烹調得妥當，家裡也打掃得一塵不染，他每天傍晚回家以後便是最標準的丈夫和爸爸，她很快樂，也很知足。

　　他們結婚十週年的時候，她開始準備一場盛宴，邀請他在工廠裡的上司和同事們都來參加。她把這個主意提出來的時候，他輕描淡寫地說了一句：「請客倒是不用了，當年結婚，大家都以為我高攀了妳，以後廠裡升遷什麼的都沒我的份。」

　　她愣住了，過了好一會兒才能回應。「我一直不知道，我居然影響到你的事業。」

　　「我沒有證據啦，只是廠裡那些人喜歡說閒話，妳也知道的。」

　　「我們不是已經同意過，不要在乎別人的看法，只在乎自己有沒有努力。」

　　「話是沒錯，可是別人的意見，也不能不去管。」

　　她不說話了，感覺心被撕成兩半，痛楚的感覺深刻強烈。原來在他眼中，她只是個累贅，讓他一直在心裡計較了這麼多年。他長久以來的沈默，原來都是對她的容忍。他的溫存、體貼、關懷、寵溺，原來都是一種犧牲。她眼中充滿了淚水，卻強忍著不哭出來。

　　夜深人靜的時候，她躺在床上，聽著身旁他平靜舒暢的鼾聲，自己卻睡不著。慶祝的盛宴取消了，他們一家人出去吃了頓大餐，還是以節儉為重。她勉強自己笑著給他和孩子們照相，心裡卻在滴血。空洞裡吹來淒厲寒冷的風，她孤獨地畏縮著，知道自己永遠不能再從他那裡得到溫暖的呵護。她更知道，就算她今天功成名就、身價百倍，他還是會認為自己高攀了她。

　　她在空洞中獨自老去，直到她死的那一天，身體只剩下一副軀殼，靈魂卻已經消蝕殆盡了。空洞裡只剩下幾片枯葉在冷風中幽盪，彷彿還在訴說她一生的幸福和平靜，原來都只是一個謊言，

回家

　　就是那樣一種單純的欲望：我要回家。

　　她站在狂風颯颯吹過的原野中央，看著傍晚天空裡的無數雲彩飛速往地平線掠去，髮絲和衣衫都在飄搖，整顆心開放給古往今來的無限時空。離家究竟有多久了呢？她不記得，只知道隨著時間的過去，自己一年一年地蒼老，自我一片又一片地支離破碎到難以辨認的地步。她覺得自己的心都掏空了，只有回家，才能再度圓滿起來。

　　她一步一步地走著，腦中幻想自己振翅高飛，越過山間古舊殘缺的碉堡，海邊零落蕭條的漁船，大城小鎮上的車水馬龍，窄弄暗巷，人們的指指點點或默不理睬。她飛速前進，彷彿在每一次躍起的瞬間都能感受到那份自由，回家的自由，再度熟悉周遭所有人事物的自由。她不在乎別人怎麼看她，只是一心一意地往前衝。

　　她從高處俯衝而下，大步躍過深澗鴻溝，幾次差點摔倒，卻一點也不考慮自己萬一出事，是不是會就這樣埋骨異鄉，一輩子也死不瞑目。她放任自己隨心所欲地前行，彷彿一點也不在意自己的安危。這是一段自由的旅程，死也好，活也罷，就算她死了，靈魂也要回家。

　　她從不回頭，因為回首沒有意義，過去也沒有值得留戀的人。她雙眼閃亮，全身發熱，有如宇宙間的一枚彗星，在黑暗深邃的太空中遊蕩太久，此時正循著無形軌道一光年一光年地奔回，那耀眼的日光便是她的故鄉。她在空中掠過，身形瀟灑而無拘無束。她是大地的一抹彩虹，變幻色彩的盡處便是她夢寐以求的寶藏。

　　偶爾她也會駐足休息，打量身前的山谷險峻，河水激烈奔騰，森林黝黑難測，然後她蓄勢待發，深吸一口氣，以雷霆萬鈞之勢往前衝，彷彿山河都會被這股力道震攝。轉瞬間，她落足輕巧，像小鹿那樣迅捷地掠過大地，像風那樣輕盈，像落葉那樣閃爍無聲。她彷彿已經沒有了形體，只有那股精神毅力在持續前進。

她要回家。

而當她終於回到家，如何和心愛的人相聚，擲下百經磨難的行囊，鬆弛緊張疲憊的筋骨，享受客廳裡那一爐火的溫暖，臥房裡那一張床的親切，都將是另外一個故事了，不能在此輕易訴說。我們輕巧地掩上書頁，把書放回架上，轉身走出房間，熄了燈，關上門，把這個溫馨的小天地保留給她。房門掩攏的那一瞬間，我們可以聽見她滿足的嘆息。

我們回到自己的房間整理行裝，隨即展開我們自己回家的旅程。我們泡一杯好茶，換上舒適的睡袍，把燈光調暗，窗簾拉上，斜倚在沙發上，捧一本書，沉迷在字裡行間。我們徹底把自己遺忘，像輕煙那樣消失在書中的世界裡。在那裡是我們的故鄉，我們的原籍。只有在那裡，我們的心靈才能夠獲得自由，因為我們已經回到了家。

（作者註：觀賞越野自行車特技的世界冠軍丹尼·麥克史基爾 (Danny MacAskill) 近日在 YouTube 上轟動全球的精彩短片《歸程》(Way Back Home) 有感。如果你也有興趣觀賞，請千要記得要開喇叭，音樂和影像都棒極了。）

《蒲公英水手》

關於作者

蘇雅，住在澳洲的台灣人，平時是家庭主婦和兩個孩子的母親，趁有空的時候提筆寫作，最大的夢想是把自己的想像世界美好而完整地用文字表現出來。

《蒲公英水手》是主婦作家蘇雅的第一本短篇小說集，一共收入了台灣及澳洲時期的十九篇作品。